jeju, 뭘 숨기는 거야!?

제주, 뭘 숨기는 거야!?

2018년 9월 27일 초판 1쇄 인쇄
2018년 9월 27일 초판 1쇄 발행

지은이　|이정우

표지　|이승하
인쇄　|예인아트

펴낸이　|이장우
펴낸곳　|꿈공장 플러스
출판등록　|제 406-2017-000160호
주소　|경기도 파주시 회동길 301 (파주출판도시)
전화　|010-4679-2734
팩스　|031-624-4527
e-mail　|ceo@dreambooks.kr
homepage　|www.dreambooks.kr
instagram　|@dreambooks.ceo

꿈공장⁺ 출판사는 모든 작가님들의 꿈을 응원합니다.
꿈공장⁺ 출판사는 꿈을 포기하지 않는 당신 곁에 늘 함께하겠습니다.

ISBN | 979-11-89129-09-5

정 가 | 13,000원

jeju,

뭘 숨기는 거야!?

이정우 찍고 그리고 쓰고

contents

contents

제주, 지고지순하다

잠시라도 혼자 떠날 수 있었던 시절. 그때마다 나는 제주도에 있었다.

늦은 결혼과 출산을 거치며 내 삶은 거대한 현실 속으로 빨려 들어갔고 가끔씩 되

살아나는 그런 추억이 있다는 것만으로도 과분하고 행복했다.

되돌릴 수 없는 시간처럼, 그런 일은 더 이상 일어날 수 없는 일이라 생각했다.

그렇게 5년이라는 시간은 어디론가 흘러가고 있었다.

자유가 왜 이렇게 겁나니?!

아내는 딸아이를 데리고 친구들과 함께 멀리 떠났다. 일주일 간 남편들만 빼고 떠난 여행은 내게 외로움과 동시에 꿀맛 같은 자유를 선사했다.

오랜만에 느껴보는 자유로움.

자유는 마음 한 켠에서 부러움을 불렀고 한동안 잊고 지냈던 그곳을 떠올리게 했다. 혼자 떠날 수 있었던 그곳, 제주도였다.

나만 빼고 떠난 걸 핑계 삼아 그곳으로 떠나고 싶다 말했고 아내는 고맙게도 감사하게도 혼자 떠남을 허락해주었다.

나에게 있을 수 없는 일이 일어난 것이다.

제주,
뭘 숨기는 거야!?

사고(?)쳐야 청춘(?)이다

유부남 혼자 떠나면 어떤 여행이 될까? 영화나 드라마를 너무 많이 봤다면 일탈 또는 불륜을 먼저 떠올리지 않을까?

제정신 아니라며 도저히 이해할 수 없다는 표정을 지으면서도 그 안에는 살짝 부러움을 내비치게 될 것이다. 뭐라고 하든 상관없다. 그들에게 아쉽겠지만,

결국, 나를 위한 여행이 될 것이다.

놓으려던 삶이 나를 추격해왔다

여행 당일 아침. 집을 나서기 전 아내와 아이가 자고 있는 방으로 들어갔다. 아이의 머리를 쓰다듬으며 며칠 못 볼 거라 생각하니 아쉬운 마음마저 든다. 그래도 아내에게는 인사는 해야 될 거 같아 잠시 깨웠다.

영원히 못 볼 것처럼. 영원히 못 올 것처럼. 딱히 뭐라 표현할 수 없는 이 기분.

'과연 내가 잘 하는 것일까?' 이 순간에도 오락가락하는 생각들로 머리는 꽉 차기 시작했다.

지하철과 버스 안의 그들과 나의 길은 분명 다르지만, 출근길 같았던 나의 길.

여유 있고 느긋한 시간을 보내기 위한 길마저 늦지 않도록 서둘러야 했다.

왜, 나의 아침은 항상 바쁜 것일까? 이런 생각과 나의 발걸음은 아무 상관없어 보였다.

바다 쪽으로, 한 뼘 더

내게 손짓을 해줘

공항 대기실에 가만히 앉아있는 나에게 대뜸 잠자고 있는 자신의 딸을 맡기고 급히 화장실로 향하는 아빠. 아이는 긴 의자에 누워 세상모르게 잠들고 있었다.

그런데 남일 같지 않은 이 기분은 대체 뭘까?

아마 몇 년 후 그 자리에는 제주에 대한 부푼 설렘을 안고 떠나기만을 기다리고 있는 나와 내 딸의 모습이 거기 앉아있을 것만 같다.

그런데 그때, 나에게도 급한 볼일이 생긴다면? 다행히 그런 걱정은 안 해도 될 것 같다. 나와 같은 꿈을 가진 어떤 아빠가 그리 멀지 않은 곳에 나를 기다리고 있을 테니.

13

사랑을 확인하는 거리

조용히 신문을 읽거나 담소를 나누며 작은 창문 밖,

작은 풍경을 바라보며 기다리는 모습들. 그리고 내 무릎 위로 쏟아져 내리는 가을 햇살까지.

굉음처럼 울리는 나의 심장 소리를 지그시 안은 채 비좁은 자리에 앉아 나의 제주를 기다려본다.

도착하자마자 걸려온 아내의 전화. 반가운 마음으로 받아본다.

그리고 통화 내내 내 귀에 맴돌았던 단어 '기저귀'

내 핸드폰에 등록된 카드로 결제해야 할인이 가능하다는 말에 아이의 얼굴이 오버랩 되며

모든 상황을 일시 정지시킨 후 바로 결재 버튼을 바로 눌러야 하는 상황.

하지만 엊그제 교체한 신기종으로 처음부터 다시 등록해야
하는 대략 난감.

마음은 벌써 바다로 뛰어들 기세였지만 혼자 떠났다는 미
안한 마음에 내 입은 허락도 없이 'Of course!'를 외쳤다.
나의 여행은 여기서부터 시작되었다.

지금 들어주시겠습니까?

제주,
뭘 숨기는 거야!?

제주에 간 햄릿

사실 나에겐 기저귀 보다 렌터카가 급했고 내 앞에 펼쳐질 풍경은 더더욱 급했다.

허기진 풍경과 굶주린 배를 채운 뒤 느긋하게 아주 느긋하게 결제하려 했다.

쫄깃한 문어 맛을 기다리며 여유롭게 창밖을 바라보고 있던 나에게 아까와는 전혀 다른 목소리

로 다급히 걸려온 아내의 전화.

오늘까지 결제해야 된다는 말을 남기고 사라졌다.

바람에 나부끼는 갈대처럼 흔들리는 햄릿의 마음이 전해졌다.

기저귀가 먼저냐? 문어가 먼저냐? 그것이 문제로다.

대가 없는 자유는 없다

두말할 것 없이 고개를 숙이고 카드 등록을 시도했다.

하지만 돌아온 건 수두룩한 오류 메시지뿐. 굵어진 내 손가락 문제인가? 갑자기 다급했던 아내의 환청이 들리기 시작했다. 하다하다 지쳐 도움 요청한 고객센터와의 통화는 아름답고 화창한 풍경을 보며 통화할 내용은 아니었다. 그날따라 왜 이리 풍경은 야속하리만큼 눈부시고 화창했는지. 아내에게 이실직고 한 후 대신 결제 요청했다.

그러자 기다렸다는 듯 날라 온 '카드가 정상적으로 등록되었습니다!'라는 문자 한 통.

인내심은 이미 한계치를 측정하기 시작했고,

나는 애써 모든 걸 이해해야 한다는 심정으로 버튼을 누르기 시작했다.

'그래, 산다는 건 그런 게 아니…'라고 말하고 싶었다. 아닌 것도 있다고 오르락내리락 롤러코스터를 탄 내 여행 기분. 흩어진 기분 일일이 붙잡고 핸들을 잡았다.

19

분위기 반전을 위해 찾아간 어느 유명 카페는 이미 시끌벅적 했다.

그래도 그 맛 한번 보겠다고 간절함을 카드에 담아 비집고 내밀었다.

이런 내 마음이 전달된 걸까? 바로 간택해준 카운터 그녀의 손, 무척 고마웠다.

그리고 납작 두꺼워진 내 손도.

바다가 맞닿는 로열층은 이미 인간 붙박이로 가득했다.

입구에 서서 눈칫밥도 날려봤지만 내게 돌아온 건 어림 반 푼어치도 없는 고래 밥.

엉거주춤 미동조차 하지 않는 그대는 붙박이 of 붙박이.

거만해질 자유

가족 연인 친구. 전망 좋은 명당자리는 모두 그들 자리였다.

카페는 온갖 재잘거리는 참새 모임으로 가득했다. 그들을 피해 나름 좋은 자리에 앉았으나 계속 재잘거리는 나의 달팽이관.

이러다 내 귀에 참새 둥지 하나 생길 것만 같다. 이어폰을 끼고 음악을 들려주었다. 뒤통수만 보이는 바다가 아닌 하늘을 바라보았다.

쨍하고 깨질 것 같은 새파란 바탕에 떠다니는 조각구름. 그것만으로도 충분히 눈부셨다. 귓가로 아련히 스며드는 노랫말과 따스한 햇볕 아래 내 몸은 녹아내리듯 늘어져갔다.

조금은 거만해도, 조금은 건방져도 괜찮았던 순간이었다.

일 년치 바라본 하늘과 바다가 점차 지루할 때쯤, 우렁찬 엔진 소리로 나른한 정신을 깨워본다.

오후 햇살이 가득한 제주 구좌읍 어느 작은 동네.

짙어지는 가을 향기로 발걸음마저 가벼웠다.

갈대바다는 이미 춤추기 시작했고 어디론가 흩날리기 시작했다.

어떤 것은 고요했고 어떤 것은 요란했다.

어느 작은 동네

누구나 집에 오면 가족이 된다

허름한 슬레이트로 된 오래된 구멍가게 안에는 할아버지 한 분께서 가게를 지키고 계셨다.

직접 오징어를 구워주시며 어색해 하는 나에게 '어디서 왔냐, 몇 명 왔냐'물으셨고, 굳게 닫혀있던 내 입은 겨우 입을 떼기 시작했다.

몇 마디 나눈 뒤, 구운 오징어를 들고 문을 나섰다. 나는 뒤를 돌아보며

"몇 시에 문 닫으시나요? 일찍 문 닫으신다고 하던데"
"누가 그런 말을 해? 아무 때나 와. 문 두드리면 바로 열 테니"

이미 내 마음은 활짝 열리고 있었다.

23

세상이 저무는 풍경

저녁에 있을 영화 상영 때까지 기다릴 겸 미리 나와 본 숙소 앞마당은 삼삼오오 모여 앉을 수 있는 긴 탁자 하나와 따로 앉을 수 있는 두 개의 작은 의자. 그리고 길게 늘어져 있는 해먹까지. 초록 잔디밭도 아기자기했다.

한낮의 열기만큼이나 뜨거웠던 나의 하루는 바닷속을 향해 식어가고 있었다.

25

나의 가치에 색을 입히다

나를 제외한 어떤 생각도 필요 없는 시간. 여행에서 꼭 가지고 싶은 시간이었다. 매 시간 누군가 의해 누군가를 위해 빈틈없이 꼭꼭 채워져야 했던 나의 시간.

어쩌다 빈틈이라도 보이면 몸서리치게 외롭다며 그 무언가로 채워야만 했던 날들. 어딘가 숨어있을 나 자신은 언제나 기피 대상이었고 다른 누군가가 채워주기만을 기다렸다.

내 안, 그 어디쯤 숨어있을 나를 끄집어내 나를 위한 시간으로 채우는 것. 그것이 자유롭고 자유로운 나의 삶을 살게 하는 원동력으로 내 안의 나로 가득 채우는 줌이다.

추억에… 홀리다

짙게 깔린 어둠 속 한 줄기 빛은 커다란 벽을 비추며 영화를 상영시켰다.

내 인생 영화 중 하나인 '어바웃 타임'.

영화에는 유난히 내가 좋아하는 장면 세 가지가 있다.

누구나 한 번쯤 꿈꾸는 자유로운 결혼식 장면과 시간을 되돌려 바닷가에서 아

버지와의 추억을 되살리는 모습.

학교에 등교하는 아이를 보며 웃으며 손 흔들어주는 마지막 장면까지.

내 생에 어떤 장면이 가능할까 생각해보았다.

결혼식은 한 번으로 족하고, 돌아가신 아버지와는 되돌릴 추억조차 없다.

그렇다면 마지막 장면은? 나만 잘한다면 가능할 것도 같은데 과연 내 아이

가 허락해줄지 의문이다.

제주,
뭘 숨기는 거야!?

상상자유남

만약 영화처럼, 결혼식 날 비가 억수같이 쏟아져 차려놓은 음식이 난장판이 되고 하객들 옷까지 젖어버리는 일이 나에게 일어난다면 난 주인공처럼 하객들 앞에서 다정하게 웃으며 결혼식을 진행시킬 수 있었을까? 생각만 해도 아찔하다.

정말 영화는 영화일 뿐인 걸까?

내가 속한 현실과 내 안에 있는 이상, 그 사이를 줄타기하며 어떻게 내 안의 이상을 만족시키며 현실을 살아가야 할 건지는 아마 평생을 고민해야 할 문제일 것이다.

그 접점을 찾기 힘든 평행선 같은 그 사이에서 오늘도 영화 같은 삶을 꿈꿔본다. 아직도.

가끔, 어떻게 키워야 할지 막막한 때가 있다.

이 영화에는 주인공이 어릴 적 아빠와 바닷가에서 놀았던 때를 그리워하며 시간을 되돌리는 장면이 나온다. 그런데 왜 하필 그때였을까?

시간을 되돌리고 싶을 정도로 아빠와 함께했던 그 순간이 무엇보다 소중했던 아이. 그것이 평생 잊을 수 없는 소중한 가치라는 것을 안 그 아이는 또 다른 추억을 만들기 위한 삶을 살아 것이다.

아이에게 아빠는 그렇게 추억이 된다.

아빠 자격

위대한 유혹자

물놀이하는 아이들.

농구 골대를 향해 공을 던지는 사람.

손을 잡고 걸어가는 노부부의 뒷모습.

너무나 흔한 일상의 순간.

하지만 우리 눈에는 쉽게 들어올 수 없었던 순간들.

영화가 끝나면 우린 다시 일상이라는 현실로 돌아오게 된다.

그리고 언제 그런 장면이 있었냐는 듯 우리의 기억을 흩트리며 우리를 다

시 꿈꾸게 한다.

영화 속에 우리의 일상이 보이듯, 우리의 일상 속에도 영화 같은 장면들이 분명 존재한다.

단지 눈으로만 보는 것이 아닌 주변에 대한 세심한 관심과 가슴으로 그 들이 주는 작은 감동을 느껴야만 볼 수 있는 순간들로 가득 차 있는 것이다.

거실에 놓인 책 한 권이 나에게 던진 초고속 질문
'여행에서 보내는 시간은 왜 더 소중히 다가오는가?'
나는 허를 찔린 듯 아무 말 하지 못했다.

여행처럼 유한한 인간의 삶,
일상을 여행처럼 보낸다면 살아있는 우리의 시간은 여행처럼 소중해질 것이다.

우리의 노래는 끝나지 않았다

제주,
뭘 숨기는 거야!?

여행까지 와서도 정확히 울리는 생체 알람시계.

언제까지 기다려야 할지 모를 화장실을 제일 먼저 사용할 수 있었다. 이게 다 내 몸에

배일만큼 배인 출근시간 덕분.

이젠 정말 늦게 일어나기 위한 여행이라도 떠나야 하는 걸까? 기상시간에 쫓길 필요도,

출근시간에 쫓길 필요도 없는 이 시간. 무엇이라도 해야 할 것 같았다. 그래서 아무 이유

없이 나온 앞마당.

그냥, 그저, 마냥 좋았다.

\# 그냥 좋아, 화장실 선점

살게 내버려두기

노릇노릇 한 토스트와 생글생글한 채소.

인상파 그림 같은 아침햇살은 자신의 온기를 전해 주려는 듯 내가 앉아야 할 곳을 살짝 비추고 있었다.

나는 그 빛에 홀린 듯 주저 없이 다가갔다.

마침 누군가 열어놓은 창문 틈 사이로 들어온 아침 공기는 따스한 햇살과 어우러져 내 기분을 한껏 끌어올려 주었다.

거참. 여행하기 딱 좋은 그런 날이었다.

제주,
뭘 숨기는 거야!?

바다를 담다

아침부터 사진 찍으며 웃음소리가 끊이지 않았던 세화 해변.

한적하고 조용하지 않았지만, 웃고 떠들며 즐거워하는 생생한 모습이 싫지 않았다.

그들에 대한 관심을 잠시 끊은 채 길게 펼쳐진 해안 도로를 천천히 거닐며 나의 눈에 들어온 풍경들을 하나씩 카메라에 담고 있었다.

점점 뜨거워지는 햇살 아래 타는 목마름을 느꼈다.

차디찬 음료를 마시며 바깥 풍경이 잘 보이는 자리에 앉았다.

바다를 배경으로 그려진 예쁜 그림과 글씨.

그 앞에는 화장 끼 가득한 여학생들과 심각한 애정행각을 보이는 한 쌍의 바퀴벌레들이 열심히 사진을 찍고 있었다.

나도 한때 누군가의 바퀴벌레였지만, 이제 다시 그들에게 외치고 싶었다.

인간이 되기 전 마음껏 누려라. 바퀴벌레들이여!

그대, 바퀴벌레에게

풍경흡입

그동안의 여행을 기록하기 위해 노트북을 꺼냈다. 그러나 집중할 수 없었다.

고개만 들면 내 앞에 펼쳐진 아름다운 풍경과 창문에 굴절되어 들어온 따뜻한 햇살이 내

마음을 흔들고 있었다.

아직 내 안으로 충분히 들어오지 못한 음료만큼이나 충분히 흡입하지 못한 풍경들.

40

그들은 노트북 화면이 아닌 창밖으로 나의 시선을 돌리게 했다.

여름휴가 다녀온 듯 태우고 싶지 않아 덕지덕지 바른 선크림. 그러나 레이저광선처럼 뚫고 들어와 점점 타버릴 것 같은 내 얼굴. 그 어떤 것도 소용없었다. 태양을 피하고 싶어 찾아간 그곳은 곶자왈이었다.

실컷 바다만 바라보다 내륙으로 이동하며 바라보는 풍경은 조용하고 고즈넉했다. 도로는 오르락내리락 물결치듯 꿈틀거렸고 나뭇잎은 환영하듯 흔들어대고 있었다.

살짝 열어둔 창문 틈 사이로 들려오는 자연의 소리.
조금씩 줄어드는 속도만큼 내 삶의 속도도 점차 줄어들고 있었다.

땡뻘땡뻘

내 치는 AI

드라이브할 때 빼놓을 수 없는 건 바로 신나는 음악. 그러나 틀지 않았다.

싸게 빌린 차에 어울리지 않는 고가의 인공지능 알파고를 탑재해 켜지도 않았는데 음악을 들려주는 AI급 오디오가 장착되었기 때문.

한대 쳐봐도, 시동을 꺼 봐도 승차하려고 문을 여는 순간 귀신같이 들려온다. 이런 어이없는 상황에서도 절대 그럴 리 없다는 렌터카 회사 대답에 이럴 수 있냐며 한바탕 지랄했던 나. 하지만 그까짓 거 뭐 대수랴.

내 앞에 펼쳐진 멋진 풍경을 바라보며 드라이브하는 게 대수지라는 생각에 창밖 너머로 보이는 풍경에 더 집중했다.

가끔 좌우로 기웃거리듯 바라본 풍경도 있었지만 제주도라는 자연이 보여주는 풍광 속으로 달려가고 있다는 사실만으로도 더 이상 바랄 것이 없었다.

43

제주,
뭘 숨기는 거야!?

곶자왈 세상

바깥세상을 거부하며 척박한 땅을 뚫고 서로 뒤엉키며 만든 그들만의 세상.

곶자왈.

찌는 듯한 더위와 내리쬐는 태양에도 뿜어내는 서늘한 공기. 하늘을 향해 때론 땅을 향해 꿈틀거리듯 굽이치며 조금씩 내게 다가오고 있었다.

오싹한 웃음

서늘한 기운을 받으며 길을 따라 올라가던 중 뜬금없이 나타난 남녀의 웃음소리. 어디선가 갑작스레 나타나더니 짧게 울리고 사라짐을 반복했다. 분명 함께 놀러 온 아저씨와 아주머니들이 즐거운 한때를 보내면서 터진 웃음소리들.
그러나 나에겐 등골 오싹한 웃음.

44 치고 빠지는 게릴라 웃음에 내 발 걸음은 꼼짝없이 멈추고 말았다.

뉘엿뉘엿 지는 해는 점차 포근해지는 햇살로 바뀌고 있었다.
다시 달려간 곳은 이번 여행에서 유일하게 다시 방문하고 싶었
던 그곳. 용눈이 오름.

입구에 도착해 정상을 바라보았지만 아직 햇살은 따가웠다.
3년 전 아무런 기대 없이 만났던 그날을 떠올리며 한 발 한 발
기억을 향해 내디뎌본다.

추억을 오르다

말똥지뢰 사뿐사뿐

비좁은 입구 사이로 올라가려는 사람과 내려오는 사람 모두 사이좋게 이동하고 있었다.

카펫처럼 펼쳐진 초록 물결. 하지만 주의할 것이 있다. 바로 도처에 깔린 말똥지뢰.

한고비 넘어 작은 능선에 올랐을 때마다 펼쳐지는 환상특급 풍경에 너무 매료되어 시선을 빼앗기면 영락없이 제대로 뭉쳐진 지뢰를 밟아야 하는 불상사가 생기게 마련.

요리조리 피해도 보지만 결국 자포자기.

갓 나온 것만 아니라면, 맘 편히 지르밟고 멋진 풍경에 취해보리라.

용눈아!

3년 전 떠오른 추억하나. 부부 동반으로 용눈이 오름을 오른 적이 있었다.

비교적 완만하다고 생각했지만 아내는 힘겹게 오르고 있었다.

결국 제일 뒤로 밀려나 버렸고, 오름 풍경에 빠져 셔터만 누르고 있던 나는 그 제서야 아내 손을 잡으려 했지만, 내 손은 이미 뿌리쳐있었다.

풍경을 탓 한 내 변명은 질겅질겅 안줏거리가 돼버렸고 입이 열 개라도, 손이 발이 되더라도 비겁한 변명이 돼버렸다.

지금, 그 추억이 되살아나 이 길을 걸으며 입가에 미소를 지어본다.

47

마음이 투영되는 공간

말똥 지뢰를 피해 가며 동시에 주변 풍경들을 바라보았다.

오름의 포개진 능선과 굽이치는 곡선. 누구 말마따나 한 폭의 누드화였다. 어떤 여인의 허리와 둔부의 곡선을 자연의 물감으로 그린 듯 아름다운 곡선들.

나는 자연이 빚은 그 여인의 곡선 위를 탐미하고 음미하듯 찬찬히 걷고 있다.

여기가 좋아진 건 너 때문이야

나의 게으름과 귀차니즘 덕에 아직 보지 못한 오름의 일출.

아마 그때 비추는 형형색색 아침의 곡선은 정말 아름다울 것이다.

하지만 지금의 나는 잔디밭의 질감과 색감이 유난히도 찬란한 빛의 곡선을 보며 일출의 빛을 본 듯 벅차오르는 감흥을 감추지 못한 채 마냥 바라만 보고 있다.

가파른 정상 앞에서 하늘하늘 흩날리는 억새풀

조금만 더, 조금만 더 올라오라며 나에게 손짓한다.

파란 하늘을 무대로 누렇게 물들어가는 황금빛.

가을도 그렇게 무르익고 있었다.

\# 손짓하는 가을

제주,
뭘 숨기는 거야!?

다랑쉬 오름과 넓은 바다 그리고 광활한 초원까지.

용눈이 오름의 매력은 가파른 언덕을 하나씩 오를 때마다

보이는 풍광이 매번 다르다는 것. 그 앞에 서면 절대 입을 다물지 못한다.

힘겹게 오를 때마다 어린아이 사탕 주듯 하나씩 보여주는 풍경들.

그것 또한 자연이 우리에게 준 축복 중 하나일 것이다.

그러니 내가 다시 오고 싶어 하지 안 했겠는가?

지금도 생각나

오래된 친구처럼 제일 먼저 나를 반기며 와락 안아준 건 오름의 바람이었다.

그리고 깊이를 알 수 없는 하늘과 무한히 불어오는 깨끗한 바람. 시야 끝까지 펼쳐진 풍광.

모든 것이 그때, 그대로였다. 그렇게 오름은 나를 잊지 않은 채 기다리고 있었던 것이다.

기다려줘 지금처럼

오름의 하늘과 바람 앞에서 깨달았다.

내 몸 하나 들어갈 책상 앞에 앉아 모니터만 바라보는 삶 속에서 한줄기 바람도 햇살도 당연하지 않음을.

당연하지 않음을 잊은 채 당연하게 살아온 시간들.

그렇게 다시 망각의 샘에 빠져 잊혀지더라도 지금 이 순간은 내게 주어진 당연한 내 삶의 일부가 될 것이다.

오름의 햇살이 낮게 드리워질 때쯤. 내 안의 그리움은 길게 자라나고 있었다. 언제 다시 만날 수 있을지, 약속도 기약도 할 수 없지만 나를 반겨주었던 내 기억 그대로,

그곳에 있어 주기를 바라는 마음만 그 자리에 두고 내려와야 했다.

53

반반한 삶

물 반, 사람 반.

즐비하게 늘어선 건물들 사이로 도시의 기운이 느껴지는 월정리 앞바다.

해지는 노을을 바라보니 이래도 흥, 저래도 흥이었던 나의 감흥이 다시 샘솟기 시작한다.

일에 쫓기고 돈에 쫓기는 도망자 같았던 나의 삶 속에서 만약, 일초의 여유가 주워진다면,

내 앞에 있는 평범한 노을조차도 의미 있고 가치 있는 순간임을 알 수 있을까?

일초의 삶도, 일분의 삶도 가치 있는 순간임을 우리는 언제쯤 알 수 있을까?

불편해도 낯설어도

어제 잤던 침대보다 독방보다, 덜 푹신하고 덜 깨끗한 공간.

그래도 잠시 짐을 풀고 누워본다.

분명 천장은 높았지만 그것보다 훨씬 낮은 2층 침대 밑바닥 작은 천장.

그리고 옆으로 몸을 굴려야 겨우 일어날 수 있는 작은 나의 공간.

어쩌면 편리함에 익숙해져 사소한 불편함 마저 불편하게만 느끼던 내 몸이 이곳으

로 부른 것일지도 모른다.

그 무엇과도 비교할 수 없는 나의 낯선 공간 속으로 말이지.

55

머리가 단단해

지금 내가 기다리는 건 낯선 사람들과의 저녁 모임.

그 시간이 다가올수록 마음속 간직해두었던 작은 설렘도 점차 떠오른다. 두꺼워진 나잇살에도 생생하게 살아있는 설렘의 불꽃. 어디서 왔을까? 어떤 사람들일까? 궁금해하며 기다리는 내 모습.

하루 8시간. 어쩌면 그 이상. 매일 같은 곳에서 같은 얼굴 쳐다보며 가족같이 지내다 보면 그들의 생각이 나의 생각이 되고 회사의 생각이 곧 나의 생각이 되고 만다.

그리고 내가 바라보는 세상이 된다.

설날에 먹은 떡국의 그릇 수만큼 우리의 머리는 그릇처럼 단단해지지만 자칫 깨지기 쉽고 고집은 황소처럼 세져 편견이라는 올가미에 사로잡히게 된다.

깨지지 않을 정도의 탄력 있고 말랑말랑한 삶을 살고 싶다면 스스로에게 어떤 노력이라도 해야 하지 않을까?

그래서 나는 저녁 모임을 선택했고 나와 다른 그들을 기다리고 있는 중이다.

제주,
뭘 숨기는 거야!?

지구라도 한 바퀴 돌아버릴까?

택배 주문했거나 누군가를 기다릴 때 나는 조급해진다.

오늘도 그 조급함에 이끌려 모임 15분 전 미리 도착한 카실은 횅~.

주인 빼고 아무도 없었다.

멋쩍은 표정 지으며 다시 밖으로 나갈 수도 없는 상황.

슬쩍 자리에 앉아 딴청 피우며 기다리는 이 시간.

지구라도 한 바퀴 돌 수 있을 것 같다.

긴 테이블 위에 올려진 8개의 와인 잔.

주인은 꽤 고급스러워 보이는 와인 그병을 탁자 위에 올렸고 분위기는 점점 고조되고 있었다.

아무 목적 없이 그저 새로운 지구인들을 만난다는 사실이 이렇게 나의 심장을 뛰게 할 줄은... 아내 만난 이후 처음이었다.

와인 잔 앞에 한 명씩 채워지는 자리. 각자 어색한 미소를 날려본다. 빨갛게, 하얗게 채워지는 와인을 주고받으며 감사하다는 예의 바른 소리만 있을 뿐.

그러나 그것도 잠시. 뻘쭘한 미소와 쓸데 없는 딴청 피움은 때이른 북극한파를 불러왔다.

어디에 둬야 할지 모를 손발과 얼어붙은 듯 일시 정지된 분위기. 살려야 한다. 우리가 한 마음으로 간절히 바라면 온 우주가 나서서 도와준다 하지 않았던가?

우주야 부탁해

핵폭탄 of the 폭탄

오랜 소개팅 경험에서 나온 자기소개 제안에 사람들은 기다렸다는 듯 표정이 밝아지기 시작했다.

그러나 폭탄 돌리기처럼 얼른 옆 사람에게 떠넘기기 바쁜 자기소개. 말끝은 점점 흐려지고 짧아져갔다. 그러다 말문이라도 떨어지는 날엔?

분위기 다운되면 다시 돌아온다던 그 개그맨조차 살릴 수 없게 된다. 드디어 내 앞으로 다가온 폭탄. 입 만 열면 핵폭탄이라도 될 듯 내 나이를 고민하고 있었다.

"동안이세요. 30대처럼 보이세요."

이 말에 자세가 흐트러지면 안 된다. 마치 처음 들어봤다는 듯 손사래 치는 오버액션은 필수였다.

"오늘 여기 제가 다 쏠게요."

밑도 끝도 없는 날려 본 부장님 개그, 믿는 사람이 바보 취급받을 이 멘트를 믿는 사람 없기를 바라본다.

거짓말이라도 믿고 싶다

또 이런다 또...

동안이라는 칭찬 뒤에 밝혀진 충격적인 사실 하나

바로 8명 중 최 연장자라는 믿고 싶지 않은 사실 하지만 실화였다.

18년 동안 벗어날 수 없었던 회사 막내 위치와 입 발린 동안이라는 말에 홀려 듣게 된

이 사실은 가히 절망 수준.

5년 후 내 나이로 띠동갑 이상 차이 나는 그들과 지금처럼 반갑게 이야기할 수 있을까?

갑자기 없는 머리까지 쥐어뜯고 싶어졌다.

사는 게 숨이 차요

　　자소서를 어떻게 써야 할지 취업 고민 중인 여대생,

그년 주기로 바뀌는 업무가 힘들다는 법조계 공무원,

학습능력 떨어지는 초등학생 상담해주는 여 선생님,

대형병원에서 인사담당하며 취업상담해준 중년 남자,

드라마에만 있는 줄 알았던 카이스트 대학원생까지.

간단한 자기소개로 입 풀려버린 우리.

자신들의 이야기 속으로, 때론 다른 이들의 이야기 속으로 시간여행하듯 떠났다.

듣기만 해도 볼 수 있어

　　다 비워진 와인과 널 부러진 테이블. 시간은 늦은 11시를 향해 가고 있었다. 아직 못다 한 말들과 이야기로 가득 찬 표정. 그리고 아쉬워하는 얼굴들. 내일 어디로 가는지, 연박 하는지 서로에게 마지막 질문을 던지고 있었다. 우리가 어디에 살고 어디에서 일하며 나이가 몇 개인지는 중요하지 않았다.

작은 세상 안에서 나눈 다양한 생각과 이야기들. 3시간의 짧은 만남이었지만 내겐 30년 갈 추억이 되었다.

불편함과 시소 타는 기분?

4인실 도미토리 방에서 맞이하는 아침은 다른 이의 코 고는 소리와 이 가는 소리로 먼저 맞이하게 된다.

그리고 척추 몇 번째 마디에서부터 올라오는 뻐근함까지. 그렇다고 순간의 불편함이 여행의 기분까지 좌지우지하지 않는다.

여행이 주는 사소하고 작은 불편함은 편안하고 안락함에 젖은 내 삶의 한 켠을 지그시 눌러주는 시소가 된다.

화창하고 투명했던 어제의 하늘을 질투라도 하듯 심하게 굳어 있는 하늘. 터지기 일보 직전의 물 풍선처럼 잔뜩 부풀어 오른 회색 구름을 앞세워 단단히 분풀이라도 할 기세였다.

놀멍쉬멍 소걸음으로 올레길을 걷고 싶었으나, 하늘의 기세에 눌려 심란해진 마음. 오늘만큼은 구라청의 구라가 진짜 구라이길 두 손 모아 기대해 볼 수밖에.

비나이다 비나이다

기대를 저버린 하늘은 장대 같은 폭우를 내게 내리셨다.

축구공을 차든 야구공을 치든 아무 상관없는, 한마디로 공친 하루.

어제부터 느려터진 나의 하루는 오늘 정말 불어터진 하루가 되었다.

이토록 동정 없는 세상

바다 역시 어제와 달리 성난 바람을 타고 매섭게 몰아치고 있었다. 숙소를 나선 나는 잔뜩 움츠린 어깨와 차가운 마음을 녹여줄 한 잔의 커피를 찾아 헤매고 있었다. 그러나 오전 9시는 나에게만 커피가 그리운 시간이었던가?

둥지 틀 곳을 찾아 날아다니듯 이리저리 핸들만 30여 분 돌렸고, 그러다 바다 전경이 보이는 은은한 카페 한곳을 발견하게 되었다.
어렵게 찾아 마시는 커피. 그 맛이 궁금했다.

카페, 한 사람을 기다리다

오후 들어 잦아든 빗소리에 바다는 잠잠해졌다. 비를 피해 어디론가 숨어있던 사람들은 하나둘씩 해변으로 돌아오기 시작했고 바다는 점차 활기를 띠는 듯했다.

숙소로 돌아오자마자 거실 창문 너머로 한가로이 풀 뜯듯 책 보는 사람들의 모습에 한순간 반했다. 푹신한 소파에 반쯤 누워 몸 따로 마음 따로, 널 부러진 자세.

지금 내가 당장 하고 싶은 바로 그 자세였다. 차 문을 열고, 거실 문을 향해 달리듯 들어갔다.

한가로이 풀 뜯고 싶다

꿈같은 거 보여줄게요

책을 보든, 이야기를 하든, 꾸벅꾸벅 졸든 모든 것이 허용되는 공간. 책장에 꽂힌 책 한 권 골라 쿠션 좋은 자리에 앉았다.
그리고 마음의 안식을 찾은 듯 평온함이 밀려왔다.

책을 펴자 수면제를 마신 듯 정신은 혼미해지고 나른함이 몰려왔다. 초점은 점점 흐려지고 그 틈을 타 눈꺼풀에 매달려 셔터 내리듯 안간힘을 쓰는 글씨들.

그날 나에겐 마음의 양식 아닌 마음의 수면제였다.

제대로 잠이라도 자려는 듯, 눈은 계속 껌벅껌벅거렸고 나의 입구멍은 점점 커져만 갔다. 그러다 갑자기 동굴 하나를 만들더니 용암 분출하듯 터져 나온 나른한 하품. 손 뚜껑으로 막아 보지만 이미 때늦은 나의 뒷북.

잔 듯 안 잔 듯 줄타기 하면서도 다행인 것은 끝까지 흘리지 않은 내 침.

더 이상 안되겠다 싶어 노트북을 꺼내 미간을 찌푸리며 타자 치는 것도 이것도 잠시, 언제 내 눈꺼풀 위에 매달렸는지 절레절레 고개를 흔들며 떨어뜨린 글자들.

그리고 화면을 가득 채운 'ㄸㄸㄸㄸㄸ...'
누가 볼까 두려워 얼른 Backspace 키를 눌러 지운 후 슬며시 뚜껑을 닫았다.

제주,
뭘 숨기는 거야!?

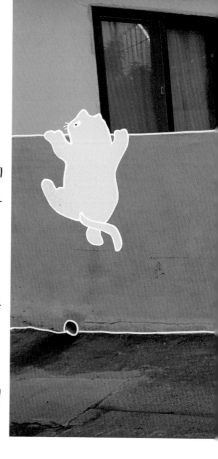

좋거나 혹은 나쁘거나

쫓아오는 잠을 더 이상 물리칠 방법이 없어, 급기야 숙소 주인에게 매달린 나. 갑자기 제주에서 살아가는 그의 삶이 궁금해졌다.

처음엔 이곳이 좋아 정착했다는 그의 말을 시작으로 무용담처럼 들리는 이야기들.

자유로운 삶이 좋아서 구속받지 않기 위해서 선택한 제주도의 삶.

아무리 용눈이 오름이 좋다 해도, 대도시의 숨 막힘이 그리울 때가 있고. 아무리 탁 트인 월정리 바다가 좋다 해도, 홍대역 9번 출구에 갇혀있을 때가 그리울 때가 있는 법.

너무 좋은 것도, 너무 나쁜 것도 없는 동전의 양면 같은 우리의 삶 속에서 가끔 일탈할

수 있는 여유만 주워진다면 균형 잡힌 삶을 살 수 있지 않을까?

73

제주,
밀 숨기는 거야!?

추억의 마법이 시작되는 순간

만약 내가 사회적 지위가 높고 성공한 사람들 틈 속에서 아무 목적 없이 만난 낯선 사람들과의 저녁 모임을 자랑하듯 말한다면 그들은 의미 없는 눈빛과 함께 나를 애처롭게 볼 것이다.

그러나 그들은 모른다.
그것이 나에게만 있는 값진 추억이 된다는 것을 그리고 시간이 흐를수록 값으로 매길 수 없는 소중한 삶의 자산이 된다는 것을.

나이가 들어 갈수록 우리는 추억을 먹고 산다.

되새기고 추억할 만한 일이 많다는 건 그만큼 후회 없는 삶을 살았다는 증거. 그것만으로도 우리의 삶은 충분히 행복하게 살 가치가 있는 것이다.

그런 추억을 만들 낯선 설렘과 기대감으로 제주에서의 마지막 밤은 시작되었다.

어제보다 익숙하고 덜 어색했던 분위기. 자기소개도 자연스러웠다. 방과 후 아이를 가르치며 고양이를 키운다는 분. 그리고 제일 나이가 어렸던 교육공무원. 며칠째 도보로 제주도 일주 중이라는 30대 남자. 직원가로 싸게 살 수 있다는 말에 가장 인기 좋았던 유명 등산복 디자이너 남. 묻는 말에 또박또박, 신병처럼 각 잡고 있는 막내 신입사원까지.

그들과 함께 또 어떤 추억 하나를 만들어 갈지 자못 기대가 된다.

당신의 청춘은 개완한가요?

이밤의 끝을 잡고

우리는 조금 더 자유스러운 곳을 헤매듯 찾아 나섰고 나는 그들과 함께 따라 흘러가 보기로 했다. 웃고 마시고 떠들며 음악에 취하며. 거기에 끝도 없는 이야기들까지.

서로의 말은 잘 들리지 않았지만 우리는 분명 자신을 위한 시간을 보내고 있었다. 밤이 깊어갈수록 우리의 공간은 점차 재즈로 채워지고 있었고 문 밖을 나설 때 우리는 그 어디에도 없었다.

단지, 잊고 있었던 영혼의 멜로디만이 그 자리를 채워주고 있을 뿐

이른 새벽, 숙소로 향한 길에서 본 새벽 바다는 싸늘함으로 가득 찼다. 화려하고 아름답기만 한 줄 알았던 그 뒷모습에 감춰진 어둡고 싸늘한 모습.

우리만 몰랐을 뿐, 바다는 변하지 않았다.

이제, 있는 그대로를 받아들이며 나를 변화시키는 일만 남았을 뿐. 새벽은 점점 깊어져만 갔다.

77

별 탈 없음

어렴풋이 깬 빗소리에 밤새 젖어버린 신발.
아직도 잔뜩 찌푸린 하늘.

여행의 마지막 날 아침. 마음까지 분주해진다.

어제 함께했던 사람들과 같이 가기로 했던 사려니 숲길.

그중 나이가 제일 어렸던 여자 한 분이 애교 가득 섞인 목소리로 말을 걸어왔다. 다 같이 오라동 메밀밭으로 가면 안 되겠냐고.

내가 딸 바보인 줄 어떻게 알았는지 그 즉시 한 방에 넘어갔고, 다른 분들도 줄줄이 넘어갔다.

역시 애교 앞에 장사 없고 아빠 미소만 있을 뿐이다.

애교 한방에 쓰러진 아빠 미소

함께 있어줘 고마워

마치 모내기라도 한 듯 질퍽하게 빠지는 신발.

비록 하얀 메밀꽃은 지고 없었지만 양탄자를 깐 듯 넓게 펼쳐진 초록
색 물결과 길게 드리워진 하얀 구름...

그저 바라만 볼 수 없었는지 한 명씩 풍경 속으로 뛰쳐나간다.

열심히 취한 포즈에 응답하듯 여기저기 셔터 소리는 울렸고 떠나갈 듯
웃음소리가 울렸다. 나를 찍으려는 사람들의 시선을 피해 몰래 풍경을
담아본다.
이렇게 좋은 풍경을 좋은 사람들과 함께 바라본다는 것. 내겐 더없이
소중한 순간이었다.

고독마저 감미롭다

서울인가 싶을 정도의 극심한 정체로 일행을 먼저 하차시킨 후 손 내밀어 마지막
인사를 고했다.

갑작스러운 나의 인사에 그들은 응답하듯 아쉬워했고,
나 또한 아쉬움이라는 마음을 그들에게 남기며 발길을 옮겨야 했다.

기억 속에 담긴 사진을 꺼내어 본다.
아름답고 아름다웠던 순간들, 그러나 어디에도 없는 나의 모습.
혼자 떠난 여행은 항상 고독을 동반한다.
그 고독을 곱씹을수록 나의 자유는 그만큼 자란다.

그저 텅 비어있는 아무런 의미 없는 시간이 아닌 감춰지고 잊힌 나의 조각을 찾아가는
그런 시간이었다.

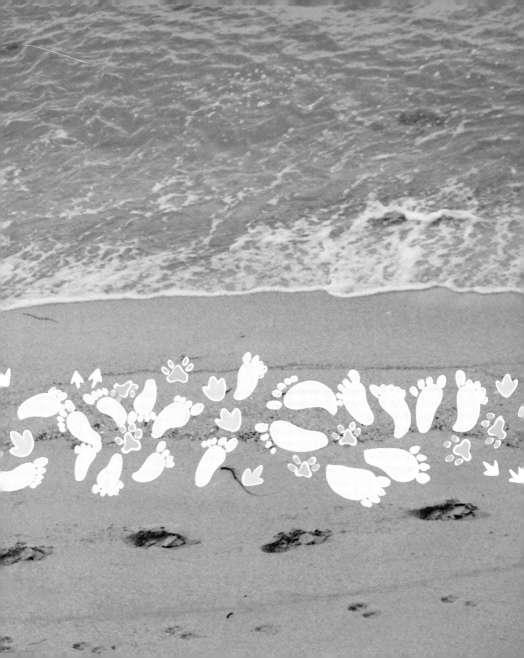

혼자 다녀온 제주도의 기억이 까마득하게 느껴질 정도로 지날 때쯤, 내 몸은 스펀지처럼 일상을 빠르게 흡수하고 있었다.

마치 아무 일도 일어나지 않았다는 듯, 출근길은 전처럼 무거웠고 가정은 평온했다.

빠르게 적응해 나가는 일상의 내 모습이 어색하지 않았지만, 아직 머릿속에 선명하게 남아있는 제주의 기억들도 그만큼 희미해져 잊히지 않을까... 노심초사했다.

연기처럼 사라질 것 같은 그 기억들을 붙잡기 위해 사진과 글을 다시 보며 연명하듯 이어갔고 당시의 감정을 계속 이어가고자 노력했지만, 다른 듯 같은 모습으로 층층이 쌓여가는 일상의 퇴적으로 지우개로 지우듯 머릿속에서 사라져갔다.

일상을 흡수하다

아무런 기대도 기약도 없는 무미건조한 시간을 보내던 중, 내 여행기를 듣고 있던 친구는 내 귀에 캔디 같은 달콤한 제안을 했다.

그는 남자 둘이서 제주도 한 번 뜨자는 심쿵 할만한 돌을 던졌고, 고요하고 잔잔한 나의 마음에 작은 물결을 일으켰다. 물론 둘만 좋다고 떠날 수 있는 건 아니었다.

내 귀에 캔디냐?

집에 계신 마님의 허가가 떨어져야 실현 가능한 일이 될 터. 어쨌든 매미처럼 입안에서만 '맴맴' 돌며 망설이다 아내의 기분이 좋아질 때쯤 슬쩍, 되든 안 되든 말을 흘려보냈고, 아내는 웃으며 결재해주었다.

각자 집에 계신 마님의 결재를 득한 후, 여행을 계획하던 중 친구는 부친상으로 함께 떠날 수 없게 되었고 어찌 됐든 나는 작년에 이어 또 한 번 떠날 수 있게 되었다.

그러나 내가 이렇게 혼자 떠날 수 있었던 진짜 이유는 그동안 묵묵히 일상을 버텨온 나에 대한 일종의 보상일 수도 있지만 곁에서 나를 믿어주고 지켜봐 준 아내, 그리고 무사히 잘 자라준 아이 덕분이 크다는 것에도 부인할 수 없는 사실.

서로 믿고 의지하며 버텨온 세월만큼 우리는 가족이라는 끈으로 매듭지어졌고 나의 모든 건 가족으로부터 시작된다. 이번 여행도 역시.

'미쎄쓰 전'은 예쁘다

여행 당일.

공항으로 가는 열차 안에는 이미 여행 가방을 든 사람들로 자리를 메우고 있었고 나도 어느 빈 곳을 찾아 자리를 메웠다.

나와 같은 곳으로 가는지, 다른 먼 곳으로 가는지 붙잡고 물어볼 수 없지만, 서로 약속이나 한 듯한 공간에서 만나, 말없이 여행 기분을 주고받은 이 느낌!

아직 비행기만 안 탔을 뿐, 여행은 이미 시작된 거나 다름없었다.

지금 예약하세요

흥해라! 나의 여행아

여행도 일도 이왕 떠날 거면, 이왕 할 거면 흥이 있어야 한다. 여행은 떠난다는 그 사실만으로 스스로 좋은 기운을 발산하지만 흥이 떨어진 다른 여행자들을 쉽게 감염시켜 줄 수 있는 장점도 있다.

우리가 어쩔 수 없이 해야 하는 일도 이렇게 좋은 기운을 발산하며 서로 주고받을 수 있다면 얼마나 좋을까?

아, 그래서 공항으로 놀러 가는 사람들이 그렇게 많은 거구나.

누구나 알고 있을법한 이 사실에 고개가 절로 끄덕였다.

두근두근 쿵쿵

　벌써부터 기웃거리는 더위. 늦은 봄을 타려는 사람들로 공항은 아침부터 북적거렸다. 다소 지루해 보이는 대기실. 열차 안에서 받은 약발이 벌써 떨어진 건가?
조금이라도 들떠 있을 법도 하지만 왠지 모르게 급 차분해진 마음. 역시 서로 갈 길이 달랐다.
다 흩어지니 이 기분도 오래 못 버티는구나 싶었다.

비행기가 보이는 창가 쪽. 신이 난 듯 뛰어다니는 아이들. 그 목소리가 내 심장을 쿵쿵 울리기 시작한다.
그럴 리 없겠지만 만약 어른들만 비행기를 탈 수 있게 된다면? 공항은 지구상에서 가장 지루한 곳이 될 것이다.

표가 있어야 비행기를 탈 수 있듯 공항은 나에게 떠날 준비가 되었는지 확인해야 했고, 아이들 덕분에 뛰기 시작한 내 심장이 그 증거였다.

91

뛰기 시작한 가슴을 안고 정해진 자리에 앉는다. 그 자리는 누군가로부터 혹은 무엇으로부터 떠나기 위한 자리. 털어내지 못한 해묵은 감정과 과감히 버리지 못한 채 쌓아두고만 있던 생각들.

Begin Again

인간은 언제 어디서든 떠나야 할 존재지만 다시 돌아왔을 땐 그때의 내가 아닐 것이다. 그래야 다시 시작할 수 있다.

한 시간 남짓의 비행. 그것만으로도 제주의 매력은 충분했다. 짧은 비행만으로도 내가 살고 있는 도시와 전혀 다른 이국적인 분위기와 만날 수 있는 섬.

그 돈이면 차라리 동남아 여행지가 더 낫다는 사람도 있지만 그래도 내가 제주를 고집하는 건 질리도록 봐도 질리지 않는 나만의 여행 맛이 있기 때문이다. MSG가 다량 첨가된 도시의 삶 속.
짭짤한 유혹에 끌려 한 시라도 놓칠세라 누군가의 뒤만 바라보며 쫓아다닌 시간.

잠시 떠나온 제주는 언제 봐도 질리지 않는 유기농과 같은 여유로움과 한가로운 맛으로 나를 돌아보게 한다.

누가 그랬던가? 공항 나오기만 하면 따사로운 봄 햇살과 맑고 투명한 공기가 나를 맞이할 거라고.

서울에 있던 미세먼지가 내 뒤를 따라온 걸까? 아니면 내가 데리고 온 걸까? 수치는 이미 높아져있었다.

보고도 믿을 수 없는 이 사실에 한동안 뿌연 하늘만 바라보고 있었다.

따라오지 말라고 제발~

그것도 사랑이었어

　　제주에 오면 누구나 한 번쯤 하는 행동하나 팔 벌려 깊은숨 들이켜기. 하지만 이번엔 코와 입을 가리고 마스크가 주는 공기를 마셔야 했다.

이것이 우리가 믿고 있던 당연한 사실이 주는 역습이란 말인가? 아시다시피 당연한 것은 세상 어디에도 없다. 그저 당연하다고 생각하는 사람들만 있을 뿐.

금수저로 태어나 갑질하는 인간 아닌 이상. 누구나 다 아는 그 진리 앞에 다시 한 번 고개를 숙이고 싶은 지금이다.

Are you ready?

애월 해안도로를 타고 시원하게 달리고 싶었다. 오른쪽 창문 너머 건물들 사이로 힐끗힐끗 보이는 바다가 감칠맛나듯 유혹했지만 해안도로가 나타날 때까지 참아보기로 했다.

하귀 지역부터 드러난 긴 곡선도로.

오른쪽 절벽 아래엔 끝없는 바닷가. 전방엔 한없이 굽이치는 2차선 도로.

이제 즐길 준비되었나요?

안전벨트로 들썩거리는 마음을 다시 채운 후 출발해 본다.

날씨는 벌써 초여름. 에어컨 바람 대신 창문 너머 불어오는 상큼한 바람을 맞이하는 것이 드라이브의 정석.

하지만 지금은 미세먼지 가득한 바람과 희뿌옇게 가라앉은 바다의 모습만 있을 뿐. 망설임도 잠시, 창문 너머 들어오는 시원한 바람이 마냥 좋았다. 하얀 마스크 쓴 채 창문 열고 운전하는 내 모습, 실화였다.

웃지 마라, 심각하다

　기억 속 해안도로는 눈부시게 화창한 하늘과 하얗게 부서지는 파도로 선명했다. 그곳엔 아내와 함께 한 추억도 있다.

　결혼 전, 여름휴가를 맞춰 떠난 제주도는 이틀 내내 폭풍우가 몰아치듯 쏟아져 숙소에 머물러있거나 박물관 같은 곳으로만 다녀 제대로 된 풍경을 바라볼 수 없었다. 포기하고 올라가야 하는 마지막 날, 맑게 갠 하늘과 바다는 거짓말 같았다.

　우리는 서둘러 어디로 갈지 결정해야 했고 그래서 달려간 곳이 애월 해안도로였다. 그러니 어찌 잊을 수 있을까? 그날을...

제주,
뭘 숨기는 거야!?

파랑주의보

해안도로만큼이나 줄기차게 이어진 으리으리한 건물들. 편히 쉴 수 있는 공간도 좋지만, 혼자 조용히 오붓하게 바다만 바라볼 수 있었던 그때가 더 좋았다.

인간과 자연은 서로 공존하기 힘든 것일까?
자연은 지금보다 더 좋아질 수 없는 것일까?

이 질문에 우리 스스로 대답을 해야 할 때가 온 것 같다.

달리다 좋은 풍경이 보이면 멈추고, 찍고 또 멈추고, 찍고

생각보다 더운 바람에 제일 먼저 떠오른 건 바로 얼음 동동 띄운 아이스커피.

타오르는 목을 향해 한 번에 쭉~ 들이켰다.

확~ 열려 있는 카페 창문들. 지금까지 오면서 마스크를 쓴 사람은 딱 한 명. 바로 나였다.

제주에 사는 사람들이야 그렇다 쳐도, 여행 온 사람들 대부분은

'제주도까지 와서 웬 마스크?'하며 여행 기분을 망치고 싶지 않았는지 별 개의치 않고 다녔다.

그래서 나도 과감히 벗었다. 그리고 커피와 함께 마셨다.

제주에 온 이 기분까지 먼지가 될 수 없기에

기분 is 상쾌 유쾌 통쾌

뜨거운 마음을 식힌 후 가방에서 꺼낸 한 권의 책과 작은 노트.

단체여행 같으면 대외 이미지 쇄신용으로 사용될 품목들.

나 홀로 떠나는 여행자에겐 카메라만큼 소중하다.

가져온 책은 여행산문 책. 작가가 여러 곳을 여행하며 겪은 에피소드나 느낀 것을 소소하고 담담하게 써놓은 책으로, 실제 내가 있는 여행지를 떠나 그가 다녀온 여행지 속으로 잠시 들어가 색다른 경험과 공감을 불러일으킬 수 있는 기분마저 들게 한다.

그 책을 덮으면 이상한 나라의 엘리스처럼 꿈을 꾼 듯 현실 속의 나로 돌아와 있었다.

어쩌면 지금 있는 이 공간도 내 글을 통해 꿈을 꾼 듯 누군가가 공감하고 있지 않을까?

책은 그렇게 현실의 나를 누군가가 겪은 또 다른 현실 속으로 소환하는 마법 같은 힘이 있다.

내가 쓴 거, 한번 볼래요?

책을 덮고 노트 위를 한번 끄적거려본다.

여행에서거건 일상에서거건 붙잡고 싶은 순간들은 뇌리를 스쳐가 영원히 돌아오지 않는다. 아름답고 행복한 모습은 사진으로 남길 수 있지만 내 안에서 일어나 사라지는 생각과 감정들은 오직 내 마음으로만 볼 수 있다. 그것들을 노트 위로 가져와 되새기며 영원히 기억하고 싶은 마음.

어쩌면 사진보다 더 진실하고 구구절절 할 것이다. 나는 책 한번 읽고, 글 한번 쓰며, 풍경 한번 보기를 반복하며 시간을 보냈고 그러면서 조금씩 나의 시간을 만들어 가고 있었다.

끄적이며 시간을 써보다

그녀의 잔소리

지금처럼 바다 풍경을 바라보며 신창해안도로를 향해 달리려는데, 갑자기 시작된 내비게이션 그녀의 잔소리. 신경전은 이미 벌어졌다.

자신의 지시대로 고분고분 말 잘 들었던 이 남자. 갑자기 삐딱선 타듯 말을 듣지 않자 계속해서 내륙으로 빠지라는 좌회전만 외쳤고, 나는 전방에 길이 있는 한 계속 직진해야 한다며 우기기 시작한 것.

조작해서라도 그녀를 설득시킬까도 싶었지만, 그런 기능이 있는 건지 없는 건지, 찾다가 미쳐 버릴 것 같았다. 그렇다고 전원을 꺼 입막음도 할 수 없는 상황.

조용히 자연의 소리만 듣기에도 모자랄 판에 '앵앵~'모기 같은 그녀의 목소리는 점차 초연하게 들리기 시작했다. 나무아미타불~

속도가 아닌 방향

그렇게 꿋꿋이 고집한 나의 길.

그러나 생각만큼, 남들만큼 빠르지 않았다. 30에서 40km를 유지하며 달렸고, 만약 그녀의 말대로 내륙 도로로 빠졌다면 답답한 뒤차들은 내 앞을 휙휙~ 지나갔을 것이다.

강하게 울리는 경적소리에 나도 모르게 속도를 높였을 것이고. 어차피 시간은 나의 것. 급할 것도 서두를 것도 없었다. 다만, 지금까지 몸에 밴 삶의 속도 때문에 자신도 모르게 페달을 밟고 있었을 뿐.

내륙을 달리든 해안도로를 달리든, 그 누구도 그 어떤 내비게이션도 조언은 해줄 수 있지만 결정은 자신의 몫.

그렇게 달려야 할 이유도 있을 것이다. 하지만 서로 다른 자신의 목적지를 내비게이션에 입력한다고 해서 과연 그 길이 자신을 위한 길이 될 것인가?

내륙도로를 달려 남들보다 조금 먼저 도착했다는 것이 우리에게 어떤 의미가 있는 걸까?

105

제주,
뭘 숨기는 거야!?

어쩌면, 우리가 바라는 삶은 목적지를 향해 가는 중간중간, 우리를 기다리고 있을지도 모른다.

절벽 가까이 옹기종기 모여있는 이름 모를 작은 꽃들.
따스한 햇살 아래 잔잔하게 빛나는 하얀 윤슬.
내 목을 휘감은 듯 따뜻하게 불어오는 한 줄기 바람결.

이 모든 순간 안에 우리가 그렇게 애타게 찾고 있던 순간들이 우리를 기다리고 있지 않을까?
내 삶의 목적지도 그렇게 찾아갈 것이다.

뒤에서 울려대든, 옆에서 울려대든 내 알 바 아니었다.
나의 사랑은 지금부터 입니다

협재 해변을 지나자 바로 등장한 금능 해변. 바람처럼 스치듯 지나간 잠깐의 풍경은 나의 눈을 잡고 고개까지 끌어당기기 시작했다.

내 차는 김유신의 애마라도 된 듯 어떻게 내 마음을 알았는지 이미 오른쪽 모퉁이를 돌고 있었고 신기하게도 알아서 자동 주차까지 하지 않았을까 하는 착각까지 들 정도였다.

카메라만 챙기고 차에서 내렸다. 마주 보이는 해변을 향해 달리듯 걸어갔고, 바다는 어서 오라는 듯 나를 유혹했다. 아내에게 유혹당한 후 처음이었다. 드넓게 펼쳐진 바다와 하얗고 고운 모래밭 사이로 갈라져 들어온 한 줄기 바다는 내 시선을 빼앗아가기 충분했고 그 둘의 구분은 점차 희미해져 갈 정도로 아름다웠다. 아직 봄이라 우기고 싶었지만, 해변은 이미 여름이었다.

아내, 아니, 바다의 유혹

돌과 함께 여행하는 법

금능해변에 한 눈 판 사이 늦은 오후가 되었다. 마침 눈여겨 봐둔 동네 책방과 묵을 숙소가 이 근방임을 알았다. 더 이상 달릴 이유가 없었다.

미리 준비한 책 한 권과 가방을 메고 동네 책방을 찾아 나섰다. 가끔 공사 소음에 귀가 거슬렸지만 길은 평온했다. 돌담과 길 사이에서 자란 연분홍 꽃밭. 담벼락에 기댄 채 버린 건지 앉으라는 건지 도통 알 수 없는 색 바랜 의자. 마을의 안녕을 기원하듯 하늘 향해 솟아있는 솟대들.

그냥 지나칠 수 없어 한 컷 한 컷 소중히 담아본다.

이 길이 떠나지 않게 해주세요

인적이 드문 골목길. 단골이 아니면 쉽게 찾을 수 없던 길. 이리저리 헤매다 어느 집 돌담 밑 수줍게 서있던 나무 간판을 보고 알았다.

안내에 따라 들어서자 공항에 피켓 들고 마중 나온 사람처럼 오래된 연두색 철문이 'OPEN'표지를 들고 나를 기다리고 있었다. 그는 나를 반갑게 맞이했고 나는 조용히 문을 통과했다.

오솔길 같은 길이 나타났다. 조금 더 가면 마당이 있을 것 같았다. 어렵게 찾아온 손님을 위해 환대라도 하듯 꽃 길처럼 포근했다. 이런 길이라면 몇 리라도 더 갈수 있을 것 같았다.

책방 문 열기까지

　　제법 큰 마당과 푹신한 소파. 그리고 마루 위 작은 테이블. 그러나 나를 먼저 반긴 건 뚫어져라 쳐다보고 있는 이 마당의 주인, 하얀 개 한 마리.

순해 보이는 인상이었지만 그래도 조심해야 한다. 내 인상은 그리 순해 보이지 않기에. 그러다 '손님 아닌 거 같은데?'라고 생각하는 날엔...

다행히 안전하게 검문을 통과했고 '스르르' 책방 문을 열 수 있었다.

작고 소소한

　문 앞부터 빼곡히 꽂혀 있는 책장. 한 서너 평 정도쯤 될까? 다소 널찍함이 느껴지는 오른쪽 공간으로 자연스레 시선과 발길이 옮겨진다. 한 번쯤 들어봤을 만한 책들과 소소함이 묻어나는 작은 책들까지.

　나는 처음 이곳을 방문하고자 생각했을 때부터 마음에 드는 책 한 권 사기로 마음먹었다. 이번 여행과 걸맞게 무겁지 않고 사소한 이야기가 있는 작은 책으로.

이 책도 좋고, 저 책도 좋아 둘러보기만 십여 분
손에 들었다 놨다를 반복하다 마음에 드는 책 한 권을 골랐다. 몸을 돌려
계산대로 향했고 캡슐 커피 한 잔도 주문했다. 카드 영수증이 세상 밖
으로 나올 때쯤. 여기 온 또 다른 목적을 달성하기 위해 떨리는 입을 열었다.

가져온 책 한 권 내밀며, 영업하러 온건 아니지만 책 한번 보시고 생각
있으시면 여기 대표님 전화로 부탁드린다는 말. 그때 내 가슴과 입술은 파
르르 떨고 있었다.
작년 사진 작업하는 여섯 명의 작가들이 모여 제주도를 주제로 사진 책을
만들었다. 몇 군데 입점 되었지만, 각개 전투로 영업 해달라는 대표 말마
따나 기회를 엿봤던 중 이번 여행에 재미 삼아 한번 해보자는 생각에 방
문했다. 미소를 지으며 검토해보겠다는 책방 주인의 말을 듣고 문을 나섰다.

영업을 한 건지, 부탁을 한 건지 모르겠지만, 아무튼 무사히 마치고 나올
수 있었다.

113

제주,
뭘 숨기는 거야!?

책장

마당에 있는 작은 마루에 걸 터 앉았다.

영업은 잘 됐는지 궁금해하는 듯 빤히 쳐다보는 마당개의 시선을 외면한 채 구입한 책을 펼쳤다. 태국어로 된 제목이 신선했던 책. 20 대 후반쯤 되었을까? 온갖 스트레스와 압박으로 몇 개월 만에 회사를 그만두고 무작정 태국에서 일 년여 살았던 어느 여성 작가의 이야기. 두껍지도 않고 감성 사진도 있어 일단 나의 시선을 끌었다. 걸터앉은 자리에서 몇 장 읽고 다시 푹신한 소파에 앉아 읽어나갔다.

그리고 잠시 책을 덮고 생각했다.

나라면 퇴사했을까? 아니면 꾹 참으며 다녔을까?

갑질이 만연한 시대. 그 청년도 피하고 싶었겠지만 어쩔 수 없이 스스로 강요된 선택일지 모른다.

내가 이 책에 손이 간 이유는 퇴사 후 그녀의 삶이 궁금해서였다. 아직 경험해보지 않은 퇴사. 운 좋게 정년까지 가거나 회사의 강요에 의해 퇴사 당할 수도 있지만 그전에 스스로 좋은 기회를 만들어 당당히 퇴사하고 싶다.

남아있는 내 인생, 내 시간.

한 시라도 내가 좋아하고 행복해하는 일을 찾아 내 시간을 만들어 가는 일.

이 글을 쓰고 있는 순간부터 난 이미 시작된 것이다.

지금 당신의 오아시스를 찾고 있나요?

제주와 말문을 트다

숙소 입구에 들어서자 또 다른 개 한 마리가 짖어댄다.

하긴, 외간 손님이 오면 주인에게 알리는 게 너의 임무였지?

그러자 한 쪽 팔을 깁스 한 주인아저씨께서 침실과 욕실, 거실을 안내해주셨다.

때맞춰 알려주신 음식점으로 향하는 길은 차분한 밤공기가 가라앉고 있었다. 뭐랄까. 다시 돌아가기엔 뭔가 아쉬운 그런 밤이었다. 주인 내외께서는 분주히 주방과 거실을 돌아다니셨다.

가만 보니 아주머니까지 한쪽 팔에 깁스를 하고 계셨다. 신기하기도, 이상하기도 해 초면이지만 어쩌다 두 분 모두 팔을 다치셨냐는 질문으로...

나는 그들과 말문을 트기 시작했다.

아주머니는 관절이 약해서, 아저씨는 엊그제 나뭇가지를 손보시다가 인대가 끊어지셨다 한다. 어제까지 병원에서 치료를 받으셨는데, 오늘 손님이 예약돼 있으니 깁스를 하고 나오신 거라고.

한시도 가만히 있지 못하시는 부지런한 성격이라는 생각에 걱정되기도 했지만, 생활의 달인처럼 두 손으로 하시듯 능숙하게 집안 일을 정리하셨다.

그 모습에 미안한 마음도 들었다. 그 손님은 바로 나였다.

어쩌다 손님

여자 친구랑 같이 안 오고 어쩌다 혼자 왔느냐는 생각지도 못한 물음에, 나는 미소를 지으며 4 살 딸아이를 둔 40대 중반 나이의 아빠라고 했다.

거짓말 조금 보태 넘어지듯 놀라시며 대학생인 줄 알았다는 잊을 수 없는 결정타까지 날려주신 아주머니.

너무 입바른 소리 아니냐고?

내 귀로는 예수님, 부처님, 그리고 알라신 보다 진심 어린 말씀이셨다. 그렇게 믿고 싶었는지는 몰라도.

이런 훈훈한 대화가 거실 가득 찰 때쯤, 사이클 복장에 안전모를 쓴 낯선 남자 가 들어왔다. 그는 하루 묵을 곳을 찾고 있었다. 그리고 또다시 등장한 다른 낯선 남자.

내 안테나는 그들을 향해있었다.

스물 여덟, 무엇을 하고 있나요?

자연스럽게 그 두 명의 남자들과 한 테이블에 앉게 되었다. 한 명은 28 살, 또 한 명은 32 살. 모두 서울 출신 직장인. 28 살 남자는 자전거로 제주도 일주 하는데, 너무 힘들어서 후회하는 중이고 32 살 남자는 나처럼 차 한대 빌려 여기저기 돌아다니며 여행 중이라고.

그런데 28 살? 생각해보니 지금 다니는 회사에 처음 입사한 나이였다. 그때 난 뭐 했지? 아, 회사 다니기 시작했지!

거기까진 좋았는데, 그다음엔 뭐 했지? 아무것도 안 한 건 아닌데, 생각이 안 난 건지, 없는 건지.

그때 만약 이 친구처럼 약간의 무모한 도전이라도 했으면 어땠을까? 아마 내 기억 어딘가에 고스란히 남아 가끔씩 꺼내보며 조금이라도 후회라는 단 어를 쓰지 않게 되지 않았을까?

구구절절

　그러다 물어보지도 않은 자신의 연애 이야기를 꺼낸 그 친구. 조언을 구하는 듯한 말과 표정으로 자신의 일방적인 짝사랑 이야기로 흘러갔다. 사내 동갑인 한 여자에게 푹 빠져 헤어 나오지 못한지 6개월. 거기다 오리지널 숙맥인 내성적인 성격.

대놓고 말하지 못해 얼마 전 겨우 카톡으로 고백까지 했다고. 생각할 시간을 달라는 여자의 말에 거의 한 달이 다 되어 가고, 기다리는 시간이 너무 힘들어 잠시라도 잊기 위해 제주도에 온 거라 한다.

제주도에 온 이유가 이렇게도 구구절절하다니.

갑자기 나의 아픈 과거가 떠오르며 상처뿐인 마음 한구석이 애달파 졌다. 이런 게 동병상련의 비극? 굳이 결말까지 볼 필요도 없는 막장 드라마처럼, 안 봐도 비디오가 될 것 같은 상황.

나와 옆에 있는 남자는 위로의 말부터 슬쩍 건넸다.

입으로 고백을 해야지 왜 카톡으로 했느냐, 너무 급했다. 뻔하다. 기대하진 말라. '내가 해봐서 아는데~'라는 말이 안에서부터 올라와 입안에서 터지기 일보 직전이었지만 꾹 참았다. 이야기를 듣고 계시던 주인아주머니도 남자도 밀당 해야 한다며 한 숟 거드셨다. 이런 조언 아닌 조언 같은 말을 들을 만큼 들었는지 계속 긴장되고 초조해하는 표정을 지었다.

그 어떤 조언도 먹히지 않은, 소 귀에 경 읽기였다.
사랑하는 자 귀머거리

그런데 이상한 일이 벌어졌다. 일방통행인 줄 알았던 그 사랑이 알고 보니 가끔은 쌍방통행이었다는 것.

여자도 남자가 싫지 않은 듯, 회사 밖에서 따로 만나며 손도 같이 잡았고 다녔다는 식의 말들. 인기도 많아 주변에 파리떼가 득실댄다고.

이건 뭐지? 잠시 헷갈리기 시작했지만, 이내 어렴풋이 감이 잡혔다. 혹시 양다리? 나는 허탈했다. 그리고 불길한 예감이 엄습해왔지만 차마 꺼낼 수 없었다.

불안하면서 행복해하는 그의 모습에 꿈 깨라며 찬물을 끼얹을 수는 없는 일. 나는 연애고수인 양 결과는 뻔하다며 안쓰러운 표정을 지으며 등받이에 털썩 몸을 기대었다.

정말 뻔한 결말일까?

무모해도 괜찮아

그렇게 안타까운 마음으로 그의 말을 듣고 있던 중, 어딘가 모르게 설렘으로 가득 찬 그의 얼굴.

분명 긴장되고 불안한 기색이 역력했지만 사랑으로 가득 찬 생기발랄한 기운으로 넘치고 있었다. 좋아서 어쩔 줄 모르는 그 표정.

수많은 연애지침과 조언이 난무하는 요즘. 손해 보지 않으려고, 상처받지 않으려고 계산기 두드리며 치고 빠지는 사랑보단, 때론 철없고 무모하게만 보이는 사랑도 할 수 있다는 것.

생생하게 살아있는 나를 느끼게 해주는 것. 이것이 바로 청춘의 사랑 아닐까? 그 어떤 조언도 귀에 들어오지 않을 이 무모함.

오직 청년만이 할 수 있고 누릴 수 있는 특권이다.

전혀 다른데 이상하게 닮았다

세월이 흘러 그 사랑을 돌이켜봤을 때, 내 사랑도 욕심이었다는 것. 내 욕심으로 자신을 채우고자 상대방에게 사랑을 요구했고, 거절당했을 때 내가 원한다고 이루어지는 게 아니라는 것을. 상대가 받아 들어야 하는 것임을. 상대에게도 그런 권리가 있음을. 나는 한참 지나고서야 알게 되었다.

그런 지난날을 회상하며 낯선 나의 밤을 보냈다.

귀를 양치한 듯 개운한 아침 소리. 창문 너머 인지 문틈 사이인지 주인 내외의 부산한 소리도 함께 들린다. 몇 시인지 알 것도 같지만 그냥 누웠다. 이대로 있고 싶었다.
씻고 조식 먹고 오전 10시까지 자리를 비워야 한다는 사실이 귀찮았다. 그러나 참으로 무서운 습관.

한번 마음먹으니 출근 때처럼 반자동으로 움직인다. 그래도 오전 8시 전.

또 누웠다.

야채볶음과 각종 샐러드. 그리고 약간의 고기와 식빵까지. 한동안 접시만 바라보자, 텃밭에서 직접 가꾼 것들이라고 하셨다. 나의 수저가 헤집고 다니게 할 수 없었다. 입이 먼저 맛보게 할 수 없었다. 어딘가 숨겨져 있을 아주머니의 정성 어린 마음을 먼저 찾고 싶었다.

바로 그때, 나의 눈을 멈추게 한 빨간색 하트 모양의 채소가 있었으니 바로 이거였다. 코앞까지 다가가 신기한 듯 보고 있는 내 얼굴 옆으로 손가락 하나가 '쓱' 지나가더니 개울이라 소개해주셨다.

눈과 마음으로 먼저 맛을 본 후에야 수저를 들 수 있었고 한 술 한 술 내 입으로 들어올수록 나는 감동으로 채워져 갔다.

#감동 한 접시

행복하길 바래, 언제나

이곳에서의 삶이 어떤지 궁금했다. 여기도 반복되는 일상이라 한다. 하지만 텃밭을 가꾸고 키워가는 그 삶에 자신만의 소소한 행복이 있으시다고.

그 말과 함께 해맑고 여유 있는 미소를 지으시며 바삐 움직이셨다. 짧은 순간이었지만 오랜 잔상을 남겨준 아주머니의 말씀과 그 미소.

언제쯤 닮을 수 있을까? 아니 닮을 수는 있는 것일까?

행복은 일상의 작고 사소한 것들에 있다고들 하지만 결코 녹록하지 않은 당신과 나의 삶. 발등에 떨어진 작은 불씨 하나,

동분서주하듯 정신을 '쏙' 빼야 겨우 한시름 놓을 수 있는 삶 속에선 참으로 멀게만 느껴진다. 그나마 내가 바라는 점이 있다면 내가 만나고 사랑하는 사람들 중에 이런 행복을 느끼며 살아가는 사람들이 좀 더 많아졌으면 하는 바람뿐이다.

127

몸과 마음이 진심 편안했던 시간.

이럴 줄 알았으면 연박 할 걸 그랬나? 하는 작은 후회도 밀려왔다.

아쉬운 대로 제대로 인사라도 해야겠다 싶어 주인 내외분이 돌아오시기

만을 기다렸지만 워낙 바쁘신 분들이라 마냥 기다릴 수 없었다.

미세먼지 수치가 의심스러울 정도로 바람은 선선했고 하늘은 푸르스름했다.

소매를 걷어붙이고 다녀야 할 정도로 다소 더웠던 그날 오전, 예술인 마을

을 찾아 나섰다.

　# 인사라도 드렸으면...

  원래 한라산 서북쪽 중산간에 위치한 오지였지만 지금은 자연과 예술이 함께 호

흡하는 곳으로 바뀌었다고 한다. 내가 이곳을 찾은 이유는 곶자왈의 모습을 간직한 산책로

가 있기 때문. 입구에서부터 재미있게 그려진 화장실 벽화와 풀밭에 서 있는 석상들. 조

금 더 가면 미술관 옆 오솔길도 보인다.

  나무 위에 지어진 새 집들을 바라보는 재미가 나를 반긴다.

저지문화예술인

\# 함께 있으면 행복해

무슨 무슨 길이라는 이정표가 있지만 그냥 가본다. 그저 걸어가 본다. 크게 자란 나무들 아래, 수없이 피어난 꽃들과 작은 풀잎들. 작고 볼품없는, 그러나 걷지 않고는 못 배길 그 꽃길.

우두커니 서있던 나무들은 눈살 하나 찌푸릴까 따가운 나의 햇살을 가려주었다. 때마침, 내 발 길옆에서 길 안내라도 하듯 나비는 내 주위를 맴돌았다.
발밑에서 올라오는 흙 밟는 소리와 귓가를 스치듯 들려오는 나뭇잎 소리.
어느덧 겨드랑이가 살짝 젖었지만 시원한 바람이 스며들었다.

봄, 나를 불러내기 좋은

아무 생각 없이 걷다 보면 슬며시 좋아지는 그 길.

천천히 걷다 잠시 멈춰도 보고 하늘을 향해 깊은숨을 들이켜 보기도 하고. 세상 온갖 소음에 눌려 불러보지도 못했던 나를 가만히 불러본다.
아마 봄볕에 아지랑이 피어나듯 올라올 것이다.

봄은 그렇게 나를 부르기 좋은 계절이었다.

너무나 소박한

샛별과 같이 외롭게 서있는 새별 오름. 입구부터 이름과 걸맞지 않게 활주로처럼 펼쳐진 도로. 그 잘 닦인 도로 위에 지어진 거대한 능선.

다른 이유가 있었겠지만 이름에서 풍겨오는 모습으로 만든 나의 상상은 결국 너무나 소박했다.

　　화산 분화로 만들어진 곡선은 정말 아름다웠다. 왼쪽 입구로 드문드문 줄지어 오르는 모습이 보였다. 멀리서 봐도 안쪽까지는 완만한 길이지만 그 위로 급격한 경사로가 보인다.

한 명씩 지나가는 좁은 길. 주변엔 완만하게 피어난 봄기운이 파릇파릇 솟아나있다. 그냥 이대로만 가면 저 멀리 초원의 집이라도 나올 것만 같았다.

여기까지는 너무 좋다. 정말 좋았다. 급경사를 오르기 위한 몸풀기 코스였다면 말이다.

뭐야 예쁘잖아

133

겨우 해나가기

각도기로 재보고 싶었다. 내 앞을 가로막듯 서 있는 이 길이 사람이 오를만한 길인지. 몇 초간 마음 단단히 먹고, 밧줄 계단을 타고 올라가 본다.

오를만했다. 처음엔.

힐끗힐끗 오른쪽으로 펼쳐진 경사진 풍경도 감상하면서 말이다.

중간쯤 왔을까? 쉴 틈 없이 이어진 경사로와 내리쬐는 더위에 잠시 쉬어 가고 싶었지만 그 럴 공간조차 없었다.

헐떡이는 숨을 부여잡고 한쪽 다리를 걸친 후 뒤를 돌아봤다. 가뜩이나 산소가 부족해 제정 신이 아니었는데 더 환장할 노릇이었다.

뒤따라 오르는 어느 여자분의 숨넘어가는 소리와 원성은 자자했고 그 옆에 안절부절못하는 남 자는 다독이며 끌고 올라가기 바빴다. 다시 고개를 돌려 정상을 바라봤다.

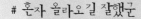

혼자 올라오길 잘했군

좌우로 고개 돌릴 틈도 없이 밧줄을 잡고 오르듯 올랐다. 괜히 올라왔다는 생각조차도 산소부족만 재촉할까 싶어 아무 생각도 하지 않았다. 무념무상의 정신으로 오르던 중 능선 한고비에 다다랐다. 물 마시듯 가쁜 숨 한 컵 들이키며 아래를 보니 정말 까마득했다. 저 아래 연인 또는 가족단위로 보이는 이들은 서로 끌어주고 챙겨주며 한 발 한발 오르는 모습이 참으로 아름다운 모습이었지만 혼자 올라오길 잘했다는 내 생각이 더 아름다웠다.

여기부터 정상까진 동네 등산 코스. 안개 같은 먼지로 내 앞만 선명할 뿐, 발밑 풍경은 자욱했다. 아웃포커스 된 사진처럼 모든 것이 흐릿했다. 분명 가슴 터질 듯한 풍경이었을 텐데. 다행히 반대편으로 제법 완만한 코스가 있어 하산하기 훨씬 수월했다. 등반할 때와 전혀 다른 완만한 각도의 길. 이 길을 알았더라면 처음부터 이곳으로 올라왔을까? 지상으로 내려와 보니 입구에서는 보이지 않은 길이었다.

135

혼자 걷는 익숙함

제주에는 수많은 오름이 있다고 한다. 내가 가본 오름만 해도 서로 비슷해 보여도 그 형세나 지형에 따라 모두 제 각각이다. 오르내리는 길 또한 같지 않다.

처음엔 자연이, 오름이 만든 길인 줄 알았다. 누군가 발자국을 내어 시작된 길. 때론 후회할 수도 만족할 수도 있지만 결국 내가 가고 있는 길이다.

내 앞에 펼쳐진 길을 보며 걷는다는 건 넘어져도 다시 일어날 곳을 찾아 다시 걸을 수 있다는 것.

'잘못 들어선 길은 없으며 서로 다른 길만 있을 뿐'

어느 시인의 말처럼 우리는 지금 자신의 길을 걷고 있다. 그리고 혼자 걷는다는 사실에 익숙해져야 한다.

너는 내 운명일까?

금세 내려왔지만 갈증까지 더해 무척 텁텁한 입안. 시원한 커피 한 잔의 수혈이 시급해 한림 해안에 있는 카페로 이동했다.

마주 보이는 벽처럼 바다가 훤히 보이는 이곳, 전망 좋기로 유명해 창가 쪽 문을 활짝 열고 있었다. 덕분에 시원한 풍경만큼이나 시원하게 마신 미세먼지. 어제와 오늘, 제주여행의 필수가 돼버렸다.

마치 나의 운명처럼 말이다.

137

제주,
뭘 숨기는 거야!?

길게 이어진 해안산책로를 따라나선다. 유명세를 치른 카페에는 주문받는 소리만 들렸고, 전망 좋은 자리는 이 순간을 즐기고 싶은 사람들로 삼삼오오 모여 있었다.

나는 그들 사이를 비집고 비교적 한적하고 인적이 드문 곳으로 이동했다. 그러자 여기에도 소박하게 모여있는 무리들이 있었으니, 이 땅의 주인일지도 모르는 하얗고 푸른 꽃 무리들이었다.

잠시 신경 꺼줄래?

인간의 손을 피해 드문드문 피어난 그들.
아름다운 해변과 조화를 이루고 있었지만 어느 누구도 눈길조차 주지 않는다.

어쩌면 그들에게도 고마운 일 일지도 모르겠다.

제주,
뭘 숨기는 거야!?

하늘, 바다 그리고 모습

　　만약 바다만 덩그러니 있는 풍경이었다면 이토록 아름다운 풍경을 연출할 수 있었을까?

난 그대들이 있어 더 이 해변이, 이 산책로가 더 아름답다는 걸 증명이라도 하듯 요리조리 자세를 바꿔가며 촬영을 했다.

그러다 문득, 사진들을 되돌려본다.

길모퉁이에서 돌담 밑에서 조심스레 피어있는 그들의 모습이 꽤 있었다. 그저 그곳에 있는 그들이 난 기특하기도 예뻐 보이기도 했나 보다.

그들과 바다 사이를 가로지르는 어느 길가에 앉아 잠시 우두커니 바라본다. 아직 푸른 기운을 품고 있는 바다는 점점 반짝거리는 모습으로 아래로, 내 앞으로 다가오고 있었다.

그리고 서서히 나를 적시며 물들어 가는 내 모습을 바라본다. 그 모든 것을 다 담아내기엔 나는 너무 작았고, 결국 흘러넘쳐 나를 집어삼켰다. 평온해 보이던 바다도, 물결도, 끊임없이 흔들리고 요동치는 내 모습을 닮고 있었다. 하늘과 맞닿은 잔잔한 바다를 보며.

느리게 걷듯, 즐겁게 노래하듯

숙소는 가까웠다. 열린 문안으로 들어서자 여기도 커다랗고 하얀 개 두 마리가 반갑다고 달려든다. 원하지 않은 큰 환대에 반가운 마음이 살짝 가셨지만 동물을 사랑하는 마음으로 웃으며 손까지 흔들어주었다. (기억해 나 손님이야 ~)

도미토리 방엔 이층 침대 두 대가 놓여 있었고 이미 두 명이 자리를 잡은 상태. 근처 애월항에 몇 군데 식당이 있다는 주인의 말에 그리로 향했고 나 같은 관광객 일부만 지나다닐 뿐 애월항은 한산했다.

비슷비슷해 보이는 식당 모습에 어디를 갈까 고민하던 중 어머니가 해준 집 밥 같다는 누군가의 댓글에 마음은 벌써 순간이동해버렸다. 구석진 골목 안에서 겨우 발견한 간판. 한산하다 못해 썰렁하다.

왠지 작은 인기척조차 실례가 될 것 같은 기분에 모기장 같은 문을 슬며시 열었다. 그리고 내 눈과 마주친 건 놀란 할아버지의 표정이었다.

방안에는 할머니께서 누워계셨고, 할아버지는 방문 턱에 비스듬히 누워 TV를 시청하다 문 소리에 깜짝 놀란 것.

그는 아무도 없는 허름한 식당에 뻘쭘히 서있는 내 모습을 보며 혼자냐고 물었다. 네. 짧은 대답 후 아무 자리에 앉았다. 급히 뭐라도 시켜야 될 것 같아 이리저리 둘러보았다. 낡은 벽에 붙어있는 낡은 메뉴판. 옥돔구이를 시켰다. 다소 불편해 보이시는 몸을 이끌고 할아버지 내외는 주방으로 들어가셨다.

분명 식당은 맞지만 불쑥 찾아온 어느 가정집에 있는 것처럼 손은 어떻게 해야 할지 눈은 어디에 둬야 할지 안절부절 했다.

좌불안석

언제 적 동물의 왕국

　　마침, 할머니가 계셨던 안방이 마주 보였고, 그곳엔 오래된 작은 TV 하나가 보란 듯 켜져 있었다.

그런데, 이건 동물의 왕국? 안 본 지가 언젠데 아직까지 방송하다니. 전국노래자랑만큼이나 장수 프로그램 아니던가?

신기한 건 우리 아버지도, 나이 드신 분들도 자주 보는 프로그램에 거의 빠지지 않는다는 사실. 다른 볼만한 프로가 없어서 인지 몰라도 왜 매번 동물의 세계를 그렇게 자주 보시는지.

이참에 물어볼까도 싶었다. '동물의 왕국, 재미있어요?'

기분 탓

　동물의 세계에 잠시 빠져있는 동안, 할머니는 한쪽 다리를 절룩거리며 반찬들을 들고 나오셨다. 마중이라도 하듯 나는 몸을 일으켰고 탁자 위에 올려놓았다. 집에서 흔히 먹는 반찬들. 그런데 식탁이 눈에 거슬렸다. 오래된 세월을 말해주듯 흠집은 기본. 여기저기 니스 칠한 곳이 벗겨지고 끈적거릴 것 같은 기분에 숟가락을 찬 위에 올려두었다.

　할아버지 내외께서 주방에 계실 때 나는 물수건으로 슬쩍 탁자를 닦았다. 그런데, 기분 탓이었을까? 깨끗했다. 괜히 닦았다는 생각이 들 정도로. 갑자기 시선을 어디다 둘지 몰라 아까 본 안방에 있는 TV를 멍하니 바라봤다. 이번엔 옥돔구이를 들고 나타나셨다. '맛있게 드셔요' 툭 던지는 말투가 정겨웠다. 제법 큰 옥돔과 집 반찬들. 젓가락은 숨 찰 정도로 내 입으로 가져왔다.

　그리고 괜찮은 맛에 고개가 절로 끄덕였다.

144

스르르 문이 열리며 또 다른 남자가 들어왔다. 그 역시 옥돔구이를 시켰고, 안 닦아도 된다고 말해주고 싶었지만. 그 역시 물수건으로 탁자를 닦고 있었다.

한층 바빠진 할아버지 내외는 주방 안을 나름의 속도로 분주히 돌아다니셨고 느리지만 죽이 척척 맞듯 일사불란했다.

오늘 내가 먹어본 맛은 바로 그런 맛 아닐까? 두 분이 함께 만들어간 세월만큼, 그 맛이 더해져 만들어 낸 세월의 맛. 바로 우리 할머니, 어머니의 손맛이기도 하다. 갑자기 다이나믹 듀오의 ⊠어머니의 된장국⊠이 듣고 싶었다.

그리고 어머니께 그 부탁을 드리기엔 난 이미 커 버렸다.

엄마의 된장국

어색한 공기를 터뜨리다

식사하러 나오기 전 가방만 덩그러니 놓여있던 두 침대.

청년 두 명이 엎드린 채 스마트폰을 보고 있었다. 짧은 인사 후 자리에 누웠다. 그리고 꽉 찬 어색한 공기. '톡' 건드리면 터질만한 작은 바늘 같은 것이 필요했다. 그들은 잠시 속닥속닥 거리다 저녁 메뉴로 무얼 먹을까 고민하기 시작했다.

내 귀에 들릴 정도로 제법 진지한 고민에 '먹는 거 가지고 뭘 그리 고민하지?' 싶어 한쪽 귀를 아래로 열어두었다. 목소리가 딱 십 대 후반, 많아야 이십 대 갓 초반이었다. 결국 여행경비가 부족해 한 메뉴로 정해야 하는데 먹고 싶은 게 서로 달랐던 것이었다.

어색한 공기가 뜨거울 정도로 열띤 공방을 듣다 못한 내가 결국 입을 열었다.

"저기. 뭐 먹을 건대? 내가 살게요"(초면이니 우선 존댓말로)

위층에서 배꼼이 고개를 내밀며 말을 건 내 목소리에 모두 나를 쳐다보며 놀라는 표정으로 "정말요?" 하며 급 화색이 바뀌었다.

한 명은 바로 주인에게 치킨집 연락처를 알아보려고 문을 열었고, 남아있는 한 명은 고맙다는 말로 나를 바라보았다. 그리고 2인분 주문하라는 내 말에 해맑은 표정으로 전화번호를 누르고 있었다.

치킨으로 말문을 연 우리. 터진 풍선처럼 대화를 이어갔다. 한 명은 고등학교 졸업 후 군입대 전 제주여행하는 중이고, 또 한 명은 해외 어학연수하다 국내로 들어와 여행하던 중인데 제주에서 우연히 만나 같이 다니게 되었다고.

그들에게 내 나이를 알려주자 삼촌 +알파 나이라는 사실에 뒤로 까무러지는 퍼포먼스를 했다. 뭐, 이런 반응 대수롭지 않다.

인정할 건 인정해야지만.

터진 입 풍선

기분은 좀.

그들은 나에게 온갖 질문 공세를 퍼부었다. 군 생활부터 사회생활, 연애, 결혼 그리고 육아까지. 내 사생활까지 캐묻겠다는 듯 온갖 궁금증을 쏟아냈고 내가 아는 범위까지 상세히 알려주었다.

그 질문들.
그들에게 당연한 것이다.

이제 막 사회생활을 해야 하는 그들에게 세상은 그리 만만하게 보이지 않았을 것이다.

나도 그랬고 우리가 그랬듯이.

당연하디 당연한

갸륵한 녀석들

그렇게 열띤 질문과 대답을 하는 사이, 도착한 치킨. 그들은 갑자기 나를 '형님'이라 부르기 시작했고 같이 먹자고 예의상 물었으나, 나는 더 맛있는 옥돔구이를 먹고 왔다고.

그들은 치킨을 들고 거실에서 한참 신나게 먹었다. 그러다 미안했는지, 두 조각 들고 들어와 나를 챙겨주었다. 갸륵한 놈들이었다.

이왕 쏜 김에 맥주 몇 개와 안주까지 쏘며 거실에서 티브이를 보며 이런저런 이야기를 나누었다. 다행히 숙소 안에는 우리 일행 말고는 아무도 없는 그야말로 무풍지대. 뒤처리만 깨끗이 하면 될 일.

술이 좀 들어가자 그들은 이런저런 속마음을 꺼냈다. 연애부터 아직 일어나지 않은 미래에 대한 걱정까지. 이번 생은 나도 처음이라 배우는 자세로 살아가기에 세상 이치와 진리를 다 알 수 없는 법.

그리고 잠시 생각해봤다.

내 눈에는 보여요

내가 만약 그들의 나이대로 다시 돌아간다면 어떻게 살고 싶을까? 꼰대 말투를 조심하며 입을 열었다.

조금 살아보니 사는데 정답이 없더라. 미래도 알 수 없더라. 그러니 타인과 비교하지 말고, 자신을 위해 무엇을 하고 싶은지 무엇을 원하는지 생각할 시간을 먼저 가져보라고. 마음 가는 데로 다 할 수 없지만, 세월이 흘렀을 때 후회하는 일은 그만큼 적을 거라고. 이 말을 하고 있는 나에게 하는 말 같았다. '그때 왜 미뤘을까? 왜 용기 내지 못했을까?'

누구에게나 하지 못한, 이루지 못한 꿈은 한두 가지씩 있을 것이다. 아직 포기하지 않고 가지고 있다면 지금이라도 준비하며 나아가라고 말하고 싶다. 그들에게 그리고 나 스스로에게. 우연히 티브이에서 본 곽지해수욕장. 내일 저기 한 번 들러야겠다는 생각을 하며 잠들었다.

어른필수능력

셋째 날. 밤새 빗소리와 개 짖는 소리에 몇 번 깬 것 같다. 조식 먹으러 나와 보니 그들은 나를 위한 답시고 토스트에 계란 프라이를 해주겠다며 앉아 있으라 했다. 기특한 것들.

조식을 먹으며 행선지를 물었고, 그들은 성산 쪽으로 나는 곽지로 향한다 말 했다. 같이 다녀도 참 재미있을 것 같다는 생각이 들었지만, 어디까지나 내 생각일 뿐. 낄 자리와 안 낄 자리를 구분하는 것도 나이 든 어른이 갖춰야 할 필수 능력이다.

내가 좋으면 그냥 가는 거야

　　가방에 옷가지를 정리하다 문득 첫날 묵었던 숙소가 떠올랐다.
이곳은 그 친구들 덕에 즐거운 시간을 보냈던 곳이었지만 어떤 끌림이 있
거나 정감 있는 곳은 아니었던 터. 그냥 포근하고, 마음 편히 쉬고 싶은 그
곳이 그리웠다. 마지막 밤은 그렇게 보내고 싶었다. 바로 전화를 걸었고
숙박이 가능하다는 말에 내심 기뻤다.
나는 각지로 향하고 있었다.

보이나요 두 개의 빛

　　일기예보상 오늘은 비요일. 새벽잠 깰 정도로 내렸지만 언제 또 내릴지 모를
하늘은 잔뜩 흐렸다. 그래도 살짝 열어둔 차창 너머로 들어온 공기는 참으로 신
선했다. 어쩌다 온 여행에서 비라도 만나면 기분마저 가라앉기 마련. 하지
만 비 그친 후 상쾌함을 머금은 아침 공기를 만난다는 건 너무 기분 좋은 일이다.

비에 젖은 월요일. 이른 아침. 바다를 만나러 다가갔다.

이미 모든 것은 잔잔했다.

검푸른 하늘은 바다를 대신해 파도처럼 어디론가 흐르고 있었다.

태초에 자연이 만나게 해준 그들.

하늘은 바다를 보며 바다는 하늘을 보며, 닮아가는 그들. 그들처럼

닮고 싶었다.

닮고 싶다면

멈춰 선 하얀 모래밭은 내 발 자국으로 선명했다. 그러나 혼자 남겨질 발자국. 결국 누군가에게 타인의 발 자국으로 남게 될 운명. 여기에선 나도, 그 누구도 그렇게 타인이 된다. 세상 한 뼘이라도 남기려고 왔지만, 무수히 남겨진 흔적들 중 하나 일뿐. 누군가 의해 또 다른 누군가 의해 남겨지고 사라질 흔적.

우리는 그렇게 무언가를 남기고 떠난다. 비록 사라지더라도 말이다.

\# 무언가 남기기 위해 태어난다

157

바람 한 모금

구름은 짙은 보랏빛으로 물들더니 희미하게 태양빛을 발산하려는 듯 점차 밝아졌다. 바다도 푸른빛으로 자기를 들어내기 시작했다. 그리고 바람이 불었다.

마음에 낀 먼지조차 날려버릴 듯한 굉음을 내었다.

이제 마음 놓고 마셔도 되는 그런 바람이 된 것이다.

해안산책로를 따라 걸으며 순간순간 바뀌는 풍경에 사로잡혀 눈을 떼지 못했다. 하루 종일 비 예보로 접었던 마음을 열고 바다의 끝을 바라보며 또 한 번 깊은숨을 마신다. 그리고 떠나간 바람이 되어본다.

제 모습을 찾은 바다를 보러 저 멀리 아이들이 달려온다. 물장구치듯 발을 담가보기도 하고 모래 장난도 하며, 점차 아이들 목소리로 가득 찼다. 조용했던 나의 바다는 이제 아이들의 놀이터가 되었다.

\# 바람이 되어본다

곽지가 여름에 내린 소나기 같은 청량감을 준 곳이었다면 협재는 슬슬 달아오르는 초여름 어느 한낮이었다.

아이들은 곱디고운 은색 모래 백사장 위를 뛰어다니며 물놀이하느라 정신없었고, 제법 큰 어른들은 끼리끼리 모여 바다로 달려들었다. 아이나 어른이나 바다 앞에서 사족을 못 쓰는 걸 보면 그 어떤 이유도 없어 보인다.

좋다는데 이유가 없는 것처럼 말이다.

\# 너를 향한 마음의 포물선

명성만큼이나 바다는 깨끗하다 못해 투명했다. 자연이 풀어놓은 녹색

빛깔이 물감처럼 퍼지며 사람들의 혼을 쏙 빼놓고 있었다. 하늘과 바다가

맞닿는 곳엔 중절모 모습을 한 비양도가 바다 위에 고스란히 놓여 있었다.

나는 멀찌감치 떨어져 바다라는 자연 속에서 즐거워하는 그들의 모습을 바

라보았다.

자연이 풀어놓은

제주,
뭘 숨기는 거야!?

바다라는 커다란 무대 앞에서 사람들은 각자 준비한 공연을 보여주기 바빴다. 보는 이로 하여금 손발이 오그라들게 하는 셀카 찍기의 진수를 보여준 우리 백일 됐어요 팀. 잠시 속이 울렁거렸다. 아이 손을 잡고 바다 위에서 춤추듯 돌아다닌 아빠 어디 가 팀. 단체 점프샷은 기본. 장풍 쏘는 제스처에 모두 배를 움켜쥐고 뒤로 넘어지는, 할리우드 액션도 울고 갈 완벽 연기를 선보인 여고생 칼 군무 팀. 촬영기사의 요구에 어색한 포즈를 취하며 주변의 시선을 한 몸에 받고 있는 나 결혼해 팀까지.

바다는 우리 인생에서 마주하는 행복한 모습을 나이 때 별로 한꺼번에 보여준 인생의 축소판이었다.

어느 바닷가에 가도 흔히 볼
수 있는 풍경. 그러나 우리를 스치
듯 지나가는 짧은 순간에도 이토
록 아름답고
행복한 순간들이 있다는걸, 우린
알면서도 잊고 지내는 것일까?

대나무처럼 인생의 굵은 마디를 한 번씩 이룰 때마다, 우리는 바다 앞에서
한 번쯤 행복한 미소를 지으며 즐거운 한때를 보냈을 것이다.
그러나 이 순간을 언제, 누구라도 할 수 있는 공연이라고 치부해버리는 순간,
당신은 행복의 절정에 서 있더라도 알아차리지 못한 채, 자신은 불행의 절정
을 향해 다가가고 있을 것이다.

행복은 이 순간을 소중히 그리고 영원히 기억하고 간직하는 사람의 것이 때
문이다.   # 창피함은 한 때, 클라스는 영원

나에게 '나'는 없어

첫날 산 작은 책을 마저 읽기 위해 바다가 보이는 전망 좋은 곳에 앉았다. 아직까지 바다는 언제 끝날지 모를 사람들의 공연으로 시끌벅적했다. 페이지 사이사이 책갈피를 옮겨가며 한 줄 한 줄 읽다 날씨 때문인지 잠시 졸음도 밀려왔다. 다시 한자 한자 짚어가며 읽어 들어갔고, 어느새 마지막 페이지까지 읽게 되었다.

'나'라는 사람과 깊게 마주한 것이 가장 힘들었다고. 나는 이런 모습도, 저런 모습도 다 가지고 있을 뿐, 진짜 '나' 가짜 '나' 같은 건 없다는 것.
그래도 이만큼이나 소중한 걸 얻었고 잘 살았고 포기한 게 아니라 한 씬을 끝내고 다음 씬을 시작하는 것뿐이라고.

마지막 장, 마지막 단어까지 반복해 읽어 갈수록 시멘트를 내 머릿속에 부은 듯 '나'에 대한 생각은 점점 단단해졌다.

자신의 나이보다 더 크게 세상과 자기를 들여다본 글을 읽으며 나이보다 작게 세상과 자신을 들여다본 나 자신이 잠시 부끄러웠다.

누구에게도 부끄럽지 않는 나이로 산다는 건, 자신과 세상을 거울 보듯 마주하며 자신을 되돌아봄으로써 가능하다는 사실.

어쩌면 이번 여행에서 그것을 깨우치기 위해 지금 여기, 이곳에 와 있는 것인지도 모른다.

기침하는 존재

얼마나 있었을까? 현재와 이어진 골목으로 자리를 옮겨 본다. 숙소가 지척이라 차량과 짐을 맡겨두고 조금 더 가벼운 마음으로 돌아다녀 보고 싶었다.

가방을 들고 입구에서 주인 내외분을 찾았지만 조용했다.

거실 문을 열고 주방으로 갔다. 다행히 그곳에서 주인아주머니를 만나 인사를 드리자,

다시 만나 반갑다며 어머니 웃음을 지으셨다.

나는 학교에서 돌아와 책가방을 던지고 다시 놀러 나가는 아이처럼, 다녀오겠다며 집을 나섰다.

잠시나마 어린 시절의 나로 돌아갈 수 있었다.

가슴으로 만나는 아름다운 시간

찰나

이젠 제법 익숙해진 거리 풍경. 조금 더 다가가보기로 했다.

금능을 가로질러 협재로 이어진 작은 산책로.

야자나무 사이로 잘 닦인 길로 들어서자, 차마 말할 수 없이 눈부시고 따스한

햇살이 나를 환히 비추고 있었다.

작은 풀잎 사이로 불어오는 초록 바람들과 서로 재잘거리며 지나가는 작은 새소리.

갑자기 걷는 게 싫어졌다. 발걸음도 멈췄다. 가만 서서 지나간 바람과 소리를

느껴본다.

이 작은 순간에도 내 모든 걸 내려놓아 그들을 받아들이고 싶었다.

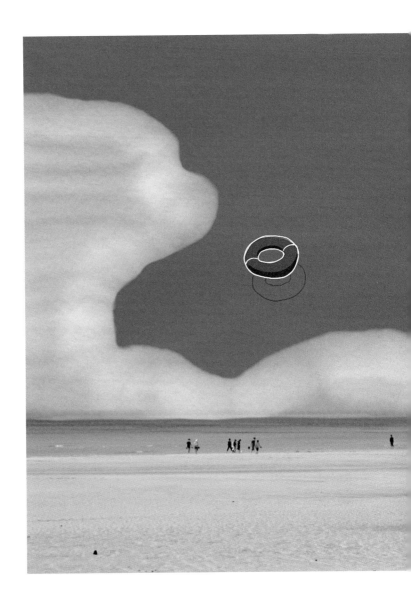

제주,
뭘 숨기는 거야!?

꿈속에 빠진 나를 비춰줘

　　뒤를 돌아보았다. 오늘도 내일도 변함없이 푸르른 하늘과 바다. 때론 초록빛으로 때론 푸른빛으로 넘실거리다 검은 바위 위로 눈부시게 퍼지는 물보라 빛.
그 위에 하얗게 빛나는 태양.

모든 것이 흐릿했던 도시의 삶. 그러나 제주는 모든 것이 선명하고 강렬했다. 아무리 눈을 떠도 다 담을 수 없는 바다. 마치 꿈속에 빠진 것만 같았다.

고요하고 잔잔하게 들려오는 파도소리는 얽히고설켜있는 내 마음을 어루만져 주었다. 그렇게 하늘은, 바다는 내 마음 다 알고 있다는 듯 나를 비추고 있었다.

이보다 더 좋을 순 없다!

조용하고 노을이 잘 보일 것 같은 금능해변의 어느 카페. 입구에 들어서면 위층에 앉을지, 아래층에 앉을지 먼저 결정해야 한다. 위층은 이미 만석. 나를 위해 준비된 반지하 작은 테이블. 친절한 주인의 권유에 따라 진한 커피를 주문했다.

옹기종기 모여있는 크고 작은 테이블과 듬성듬성 벽에 비치된 책과 그림들. 때론 느리게 때론 경쾌하게 흐르는 재즈의 선율까지.

조용히 앉아 있는 사람들까지 모두 마음에 들었다고 하면 할 말 다 한 거 아닐까?

낮은 시선, 낯선 시선

　　왼쪽 어깨쯤 위치한 반지하 카페 작은 창문. 밖은 혼란스러웠다. 사람들은 유난히 크게 보였고, 자동차는 가끔 내 시야를 막았다.

　　항상 높은 곳에선 모든 것이 아름답고 단순해 보이지만 시선을 조금 낮추면 우리의 낯선 현실이 가끔 보이기도 한다.

174

잔잔함이 흐르다

반쯤 남은 커피가 식어갈 무렵, 위층에서 한 명 두 명 내려오는 소리가 들렸다.
나는 가방을 메고 커피를 들고 위층으로 올라갔다. 창가 바로 앞에 놓인 테이블. 이제
조금 높은 곳에 오른 것이다.

해변까지 밀려왔던 바다는 점차 사람들로 채워져 갔고 내 귓가에는 아직 잔잔함
이 남아 흐르고 있었다.

느끼는 자들

　투명한 유리에 비친 바다는 나를 아득하게 바라보게 했다. 마음에 든 그림을 발견한 듯 한참 동안 그저 바라만 본다. 그때, 이미 난 빠져들었고 모든 것이 무의미해졌다.

모든 것을 초월한 무아의 세계.

이 공간 안에 있었던 이순간이 가끔 그리울 것 같다.

그러다 문득, 무슨 생각이 떠올랐는지 밖으로 나가야 할 것 같은 충동이 일어났

다. 절반도 안 남은 커피를 반납하고 문을 나섰다.

그리고 뒤를 돌아보며 해변을 걷기 시작했다.

내게 손짓을 해줘

내 등 뒤로, 건물 뒤로 하늘은 이미 붉게 타 들어가고 있었다. 선명하지 않았지만 해는 조금씩 수평선 아래로 향하며 보랏빛과 오렌지빛을 섞어가며 걷잡을 수없이 번져가고 있었다.

그리고 바다에 닿는 순간, 하루 생의 화려한 불꽃이 타오르듯 붉게 번지고 있었고 나의 눈도 함께 물들이고 있었다. 한낮 그렇게 눈부시던 태양도 우리의 인생도, 중천을 지나 점차 저물어 갈수록 찬란하게 빛을 발하는 것처럼,
나의 인생도, 여행도 빛을 향해 저물어 가고 있었다.

인기척 없는 마지막 밤을 보내고 돌아가야 할 날이 밝았다.
첫날 아침에 들었던 지저귐과 일상을 시작하는 소리들.
다시 들을 수 있어 반가웠다.

조식 시간에 맞춰 거실로 나왔다. 식탁에는 첫날 먹었던 그 샐러
드가 놓여있었다. 역시 다시 만날 수 있어 반가웠다.

\# 행복한 나비

충만

샐러드 한 접시에 어떤 의미를 부여하기에 다
소 무리 일 수도 있다. 그러나 그 한 접시에는 이번 여
행에서 내가 받은 모든 느낌이 함축적으로 들어있다
해도 과언이 아니다.

제주라는 익숙하면서도 낯선 곳에서 이방인이 받은
작은 친절함과 편안함,
그리고 포근함까지.

그것만으로도 나의 여행은 이미 충만해진 것이나 다
름없었다. 이 글을 쓰고 있는 순간에도 그 맛을 떠올
릴 정도였으니까.

누구에게나 삶은 안간힘이다

짐을 챙긴 후 나서려는데, 주인 내외분 모두 보이지
않았다. 차에 가방을 싣고 잠시 기다렸다.

금세 두 분이 타신 차량이 들어왔고 나는 그 상태에서
미소를 지으며 인사를 드렸다.

그리고 그분들의 미소를 받으며 말했다. 너무 감사했
다고.

내 삶의 진짜 쉼표를 찾다

누군가가 자신의 마음에 무심코 던진 것을 비우는 일은 말처럼 쉽지 않다. 아름답고 황홀한 풍경에 가려 잠시 잊을 수 있지만 일상으로 돌아오는 순간, 모든 것은 되살아난다.

그것을 조금이라도 비우고 거기에 나를 채운다는 것.

둘이 아닌 혼자만의 시간을 가질 수 있는 자에게만 일어날 수 있는 일일 것이다.

그렇게 채운 나는, 나와 내 주변을 되돌아보게 하고, 떠나기 며칠 전의 나와 조금은 다른 나를 만날 수 있을 것이다.

한낮의 꿈만 같던 여정

공항으로 가는 길.

짙은 안개로 한 치 앞도 내다볼 수 없는 상황.

그토록 아름다웠던 어제의 하늘도 바다도 모두 한낮 꿈에 불과한 걸까?

신기루 같은 이곳에서 다시 현실을 향해 찾아가고 있었다.